清・黃宗羲 原著
吳 光 整理釋文

南雷雜著眞蹟（附釋文）

臺灣學生書局印行

黃宗羲畫像

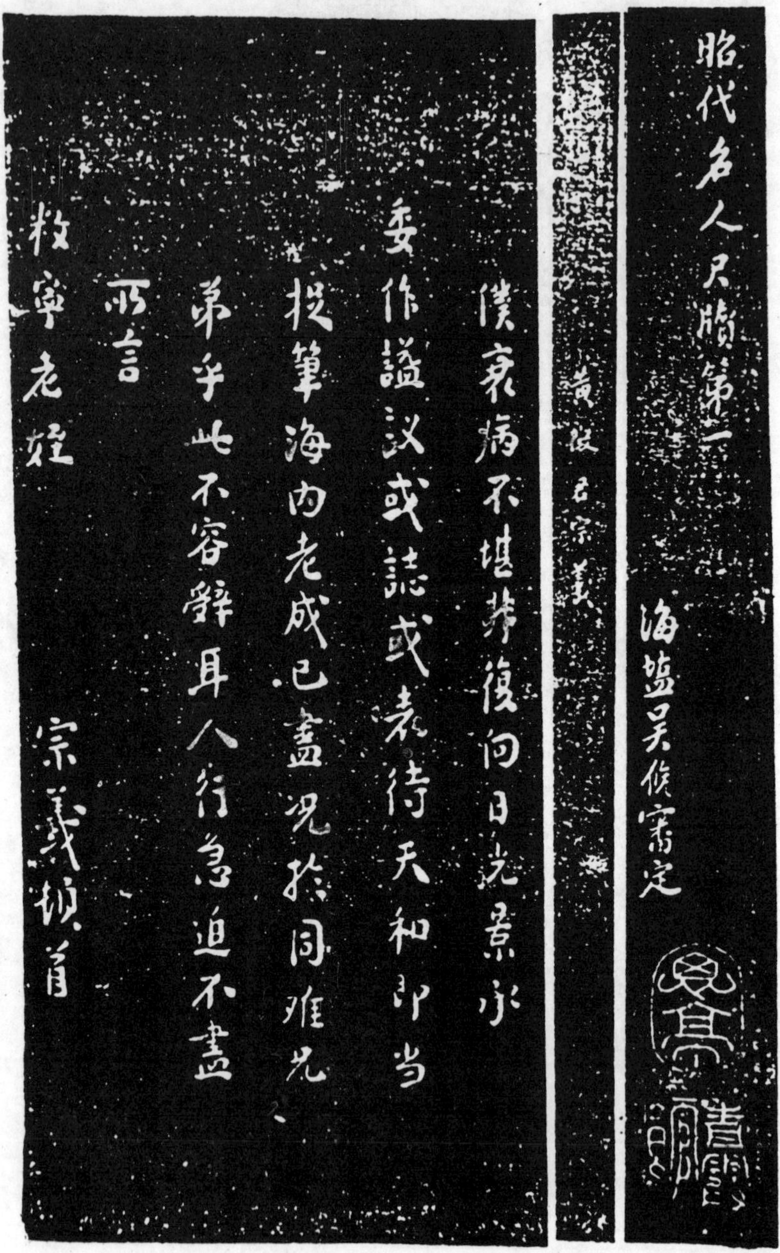
昭代名人尺牘第一
海鹽吳修審定
黃徵君宗羲
僕衰病不堪非復向日光景承
委作謚議或誌或表待天和即當
援筆海內老成已盡況於同難先
弟乎此不容辭耳人行急迫不盡
所言
敉寧老姪
宗羲頓首

黃宗羲與敉寧老姪（周靖）書眞蹟

（原載清海鹽吳修彙編《昭代名人尺牘》卷一）

南雷雜著眞蹟　序

黃宗羲，字太冲，號南雷，別號梨洲老人、梨洲山人，學者稱黃梨洲先生，生於明萬曆三十八年（公元一六一〇年），卒於清康熙三十四年（一六九五年），是中國歷史上一位傑出的思想家、史學家和文學家。

宗羲自抗清鬥爭失敗後，拒不仕清而銳意著述。其著作弘富，範圍廣濶，其中親自撰寫的專著和詩文集有九十餘種，不下四百萬字。而刊佈較廣，對後世影響較大的是《明夷待訪錄》、《明儒學案》和南雷詩文諸集。然而，有許多專著和詩文，由於各種緣故而刊佈不廣，或者散佚了。至於著作手稿，則更爲世人罕見。

一九八三年秋，我因研究工作需要，着手搜集整理梨洲遺著佚文，雖然在天一閣目睹《明文海》殘卷上的梨洲手蹟，但因條件所限，未能拍攝成照。八四年春，終於在上海圖書館館長顧廷龍先生及古籍管理人員支持下，逐頁閱讀了《南雷雜著》原稿，並在該館複印室幫助下，複製了原稿縮微膠卷。雖然幾經周折，却也不勝慶幸。

這部《南雷雜著》手稿，共存文四十篇、詩二首、佚題殘稿二頁（其一頁係〈胡玉呂傳〉殘稿）。原稿未編總目，不分卷，由藏家分裝三册。其中「余若水周唯一兩先生墓誌銘」稿首頁右上角有作者手書《南雷雜著》書題，故可據以定名。所存四十二篇詩文中，有二十七篇文和一首詩已刊入《南雷文案》、《文定》、《文約》和《詩曆》；有十七篇文和一首詩則由清季學者蕭穆編入《南雷餘集》，於宣統三年印入《風雨樓叢書》；一九五九年北京中華書局出版陳乃乾編《黃梨洲文集》，則據《南雷文案》、《文定》、《文約》諸集舊刻本和蕭氏《南雷餘集》刻本收入其中三十九篇文。迄今仍有「與徐乾學書」（原稿無題，此為編者所加）一文和「寒食上巳吊唐烈婦」一詩尚未刊印。

關於此稿來歷，陳乃乾撰「黃梨洲文集舊本考」和蕭穆撰「南雷餘集跋」已有說明。蕭跋云：「右文十八篇，五言詩一首，乃餘姚黃梨洲徵君所著也。徵君生前自編其集，曰《南雷文定》，晚年又就《文定》精擇一編，曰《南雷文約》。前年有寧波一舊家，藏徵君手稿凡數寸，欲售於上海道署，索價三百金，未貸其値而返。先是敬業書院院長仁和葉槐生貢士，細將藏稿本瀏覽一過，凡《文定》、《文約》所未有者，另鈔出一本，題曰《南雷集外文》，藏之書樓，今晤槐老譚及，出示鈔册，蓋皆徵君當日所刪者。……今復鈔此集，他日當仿彭君之意（按：此指彭尺木刊《亭林餘集》之事。）刊爲《南雷餘集》」。今查中國科學院圖書館所藏蕭穆手鈔《南雷集外文》，除「怪說」一篇外，其餘詩文均見《南雷雜著》手稿，可知葉槐生所見稿本即現存稿本。陳乃乾「舊本考」稱：「桐城蕭穆嘗見梨洲手稿於上海，摘鈔其未刻者爲一册。一九一一年順德鄧實得蕭氏鈔本，印入《風雨樓叢書》中，脫誤甚多。幸梨洲手稿已歸上海市文管會，完好無恙，尚得取以勘正。此稿爲梨洲早年所寫，與刻本頗有異同。」按陳氏考證有兩點誤解：一謂蕭氏摘鈔手稿中「未刻者爲一册」誤也。蕭氏雖見手稿，但未能購得，其所鈔者，實據葉槐生鈔本轉鈔而來。二謂「此稿爲梨洲早年所寫」，亦誤。從稿中作者自署之寫作時間以及依據內容可以考定寫作年代的篇章可知，最早的寫於順治十四年丁酉，最晚的已在康熙二十五年丙寅即梨洲七十七歲以後了。

簡言之，上圖現藏稿本，原來由寧波人收藏，後轉賣到上海，五十年代初轉歸上海市文管會，至六十年代移交給上海圖書館古籍組，珍藏至今。

需要指出的是，黃宗羲在編定《南雷文案》、《文定》、《文約》、《詩曆》時，已對原稿作了删改，其門人後學刊刻南雷諸集時又作了校改删節，故現存各種刊本與原稿在文字內容上頗有出入。蕭穆雖見原稿，但未能據以校對鈔本，《南雷餘集》刊印時又脫誤甚多。《黃梨洲文集》僅據稿本校正刻本若干錯字，並未作出全面整理以恢復原稿本貌。因此，現在依據原稿整理出版《南雷雜著》，對於研究黃宗羲思想與學術的本貌實屬必要。

爲使梨洲手稿眞蹟公諸於世，便於學者比較研究，我於一九八六年間曾應浙江古籍出版社孫家遂教授之約，據原稿縮微膠卷複製成照片，並且分類編目，釋文標點，由浙江古籍出版社於一九八七年五月景印出版。但由於製作水平及印刷質量太差，致使眞蹟模糊不淸，頗令讀者失望，私心不免耿耿難平。

今年九月，我赴南韓漢城開會，偶遇臺灣學生書局總編輯龔鵬程教授，與之談及梨洲學術，彼此十分投緣。龔兄欣然表示，學生書局願意景印《南雷雜著》眞蹟，囑我盡快整理付梓。我即按原稿篇次，另編目錄（不另分類編排），重校釋文，並錄臺灣《文星》雜誌所發表的香港中文大學劉述先教授和本人有關《南雷雜著》未刊稿「與徐乾學書」的評論和考證文章二篇，以及日本東京大學《中國——社會與文化》雜誌一九八八年第三號發表的佐野公治教授論文之一節，附於書末，交付景印出版，也算了却一樁心願。然而畢竟是三百年前舊稿，紙張多已殘破變色，文字也有損蝕難辨者，故景印本仍有某些缺損模糊之處，難以完全復其舊觀也。凡原稿損蝕文字，釋文依據通行刊本校補，補字用〔〕號標明；難以校補者用□號代替；原稿個別錯字，釋文一仍其舊，僅於篇末酌出校記。簡寫字異體字則徑改爲通行字，至於整理失誤之處，惟祈方家教正。

吳　光謹識　一九八八年十一月於新加坡

南雷雜著眞蹟（附釋文） 目錄

編者註：本目錄篇題小註中，「案」、「悔」、「定」、「定後」、「定三」、「約」、「餘」、「曆」、「文」、「詩」分別是《南雷文案》、《吾悔集》、《南雷文定前集》、《南雷文定後集》、《南雷文定三集》、《南雷文約》、《南雷餘集》、《南雷詩曆》、《黃梨洲文集》、《黃梨洲詩集》的簡稱，阿拉伯數字表示卷數；「未刊」指以往刊印的南雷詩文諸集及梨洲著作彙刊本均未收錄；「己酉」之類干支紀年則係原稿題註；有※號之篇名係編者補加；各篇頁碼以·號分隔，其上爲景印本頁次，其下爲釋文本頁次。

萬里尋兄記

贅六世祖小雷府君諱璽字廷璽兄弟六人[illegible]
震爾於外踰十年不歸府君瑰祈夢請卜之[illegible]
烽戲之間茫然不得影響作而曰吾兄不過[illegible]
吾兄可至吾何獨不可至乎踴躍出門拂衣[illegible]
濟不知兄之所止東西南北從何處尋起府君思
兄商也商之所在必通都大邑吾盡歷通都大邑[illegible]
得兄矣於是裂紙數千縑寫其兄里系年貌[illegible]
于所達之處輒榜之宮觀街市間冀兄或見[illegible]
不見而知兄着或見之也經行万里三山[illegible]湖[illegible]
蹤跡踏偏寧吉所過府君禮之衡山[illegible]
涉盜賊除狼狽江漢浮舟竟而以有不[illegible]

之間君何所來府君曰吾為尋兄至此士人曰此拉[illegible]
陵發隱行中可也春陵令之道州君入道州宦知[illegible]
陽府君遂至道州湧偟訪問音塵不接一日奔[illegible]
至會路旁伯震过之見會而心動曰此吾鄉之[illegible]
也徐其衙而視之有字一行曰姚江黃述璽伯震為
驚駭來覺府君出而揭視者學寐慟哭失聲遂[illegible]
假者亦嘆息泣下时伯震已有田園妻子於道州府
君卒挽之而歸楚人高其義称伯震為黃孝[illegible]
雷小來望其復來也府君因其声轉之别号为小雷[illegible]
事在宣宗之世三楊当國朝廷人物固多光明俊偉而
草野之中犹能敦朴愷悌識道理賤謗詐相延成俗
君府君者雖不可況时代为康然非[illegible]

不能卒絕如此也独怪為人子而所遭不幸間關踣頓求父求母者簡策不絕書為人弟而求兄者無聞焉豈世無其事歟抑有其事而紀載者忽之歟江河日下兄弟之情日漓宴安茶粥萬草薰蒸以路人之愛惡、、其兄且不可必則夫棄捐頭髓不避驚濤峻坂之險者較之求父求母者不更難耶義敘府君之事不禁涕泗之橫流蓋傷時也

陳定生先生墓誌銘

甚哉小人之愚也小人之仇君子必指之為朋党天
書深刻列其姓名將使後世之人同心疾之也然蔡
京立元祐姦党碑而三百九人者後人各為之列傳
韓侂胄立慶曆党人碑而劉後溪遂以慶曆党人
之名、游監薄之墓党人之家亦各以其名、其
門葉擬小人之心固謂被是名者不勝其辱矣孰
知適以榮之耶天啟間逆奄竊國是时有百官圖朋
党錄天鑒錄同志錄點將錄依之以尽殺朝廷之士所
謂東林党人也其間侍從之臣楊左以外宜興少保[illegible]
公為之魁崇禎末阮大鋮作蝗蝻錄以後社名士填
之謂是東林後勁欲依之以尽殺天下之清流其[illegible]

定生先生為之詩摟元祐党人唯司馬光司馬康党[illegible]
仁甚正平呂公著呂希仁父子名在党籍而先生之
父子實似之詎今四十年貞元朝士無多鼓摩淦拜天
子開有明史局根括天下藏書於是東林党籍、
復出而先生父子皎然與日月爭光亦不[illegible]之[illegible]光
生諱貞慧字定生陳氏為止齋之後由永嘉徙宜興
遂為望族曾祖諱愚章祖諱一經皆贈左都御史父
諱于庭仕至左都御史贈少保母張氏贈夫人生母潘
撫人少保四子長貞貽有文名而夭次貞楷夭故、甲
子舉人次貞達戶部主事左遷順天知事[illegible]更死難
季即先生也先生幼而奇傑少保喜其才子者[illegible]
、不樂碩先生在側曰賴有此耳弱冠補弟子員[illegible]

於李宮侍少保宦遊南北凡朝政之缺失君子小人之
消長口誅筆記皆出經生聞見之外居家孝謹庭
闈之內無疾言遽色念長兄之才恐其遂至淪沒因
捧行其書少保沒同邑故相以生前輕眦修怨其黨
有取子毀室之虞先生措定良善故相知其不可以
力屈也好言慰藉之先生落、如故时周仲馭沈眉
生讀書句曲先生与吳次尾讀書亳村皆好俠玉知
李獨掛清議衡量公卿天下望之如鎮鄉出重
是时馬阮執政八年以禁錮東林為事潘川韓坡承
其衣鉢東政權时出彈射有勝有不勝而終不能窮其
馭於戲沈浮志於时[illegible]海在獄利害尤急三與[illegible]
臨出寄詩謂不如捲後竟一人以為兩家[illegible]

東林出一頭地僉謂故相而故相所最昵者為阮大鋮
、、亦從吳中呫囁耳語曰苟使大鋮得改事諸君
所謂生死而肉骨也溺灰陽焰置酒高会南中之士
入其牢籠者強半吳中諸公恐仲馭之不許也邀
之半道会於虎丘天如來之以謀告仲馭持論不下
此仲馭親為余言今人恐無知者会眉生保舉入京劾揚武陵并及
大鋮妄畫條陳鼓煽豐芑大鋮始恨袁先生、與次
尾因草留都防乱揭顧子方曰大鋮者吾祖之罪人
也吾当為揭首其、次則天啓忠臣之家故余、与左魏
繼之一時勝流咸列其、姓名大鋮杜門咋舌欲死故相
出、山大鋮比不忘援手故相曰南中議論与吳、中駁
異、未便可動大鋮曰廢籍馬士英某、之化身也其可

變遂楷端之而春崇禎己卯金陵解試先生次尾率[illegible]
門廣業之社大略揭中八七邑山張爾公揮德[illegible]
究上梅朋三峯湖沈崑銅如阜冒辟疆及余數人舍[illegible]
不遠與樓席酒酣耳熱多嘲聲大鋮沈為笑樂[illegible]
父[illegible]某大鋮暴起國狗之瘈无不噬又遂廣搖[illegible]
汲遠姓名錄忌一網殺之仲馭下獄死眉生次尾[illegible]
會亡命余与子方從徐署丞疏遠問而先生亦[illegible]
尉轉至鎮撫事雖解已瀕十死著是乎弘光[illegible]
出結傳留都防乱揭一案也國亡之後殘山剩水
不厭、可念埋身土室不入城市者十餘年先[illegible]
甚貧乎而遺民故老時、猶向陽羡山中一[illegible]
淋漓痛飲蕩離吊往恍然如月泉吟社[illegible]

[illegible][illegible]儒林山陽録靈岑集交遊録秋園雜佩八大家[illegible]選若干卷生於万曆甲辰十二月九日卒於順治丙申五月十九日年五十三配湯孺人左都御史海公兆京女子男五人長維崧翰林院檢討次維嵋庠生次維岳太學生次宗石黎城縣丞次維屏女二人適吳全昌其婿也孫男四人履端履慶伊璿孫女十一人維崧以先生卒後六年十一月塟於亳村新阡又後十有八年從京師函幣寄余求銘幽石維崧以情甚備徵入史向天下方藉以發潛德之幽光而況於其先公孝友不憚數千里之遠下訊草野豈亦爾騶予既閔悉其艱且之意懇欵銘曰

嗚呼是邪弘光党人之墓佞臣過之[illegible]

、汪魏美先生墓誌銘

汪魏美之卒徐蘭生屬余誌銘曰吾当先之以状也荏苒十六年状不可得頃見蘭生十哀詩畧具魏美大事實文見全道隱汪孝廉傳因採兩家之言而誌之以覆蘭生使授其子魏美諱渢新安人徙於錢塘祖某父某妣某氏魏美孤貧力學崇禎己卯鄉薦乙酉兵亂奉母入天台海上師起群盜滿山始返錢塘僑寓北郭室如懸磬処之憺如当是时湖上有三高士之名皆孝廉之不赴公車者魏美其一焉当事亦甚重之監司盧公尤下士一日值魏美於僧舍問汪孝廉向在魏美應曰適在此今已去矣盧公然之不知應者之即魏美也盧公盡人通殷勤於三高士者置酒湖

汝世外之礼相見其二人幅巾抗礼盧乙相得甚歡
魏美不至爲恨事已知其在孤山放船就之魏美
辟墻遁去魏美不入城市不設伴侶始在孤山
寄迁大慈庵又迁宝石院匡林布被之外殘書數
卷鎖門而出或迈或不迈莫可踪跡相遇好友飲酒一斗
不醉氣象蕭洒塵事了不関懐然夜觀乾象畫習
壬遁知其耿、者猶未下也余丁酉過之孤山峽講
龍湏調息之法各賦三詩契勘戊戌三冝孟設供
同坐葛仙祠已亥二月望共曾庵中坐月至三更
是夜寒甚庵中止有一被余与魏美兩背相摩得
少煖氣明日余入雲居訪仁菴魏美矢不入城主清
波門別去從此不復相值有傳其在洞庭山者乙巳

七月三十日終於寶石僧舍年四十八臨殁悉舉書卷
與其詩文舍一存者妻某氏子蓮雲思宋之遺民謝
翱吳思齊方鳳龔開鄭思肖為最著方吳皆有家
室翱亦晚娶引所開至貧畫馬有子同居唯思肖孑
然一身乞食僧廚魏美妻死不更娶有子托於[illegible]
事往、与思肖相類遺民之中又劝其所甚難者
道隱言盡大地人未有死者七趣三世如旋火輪皆
識然而生未不生者了不可得君即不壽何患不[illegible]
要以所善不得舍身則誤君仙後尚當与予求以死
之道此言魏美謂息長生之非也道德之所識
然而生者即輪迴之說所謂以死之道即安身立命
教死了燒了之說也而余之論生死正是相[illegible][illegible][illegible]

鼓勳湖。伊人。次嗇貴利達愛惡攻取之心。熾然而死。忘

魏美之志遠過金石如丈夫食金剛終竟不銷不寒

出身外不已何以故金剛不与樸穢同止。忠孝至性。事

与。尸。者。節。氣。同。受。輪迴乎道。隱視此与万劫不壞之。

虚。空。幾。許。絕。其。種。子則乾坤或幾乎息。矣。銘曰

學問之道。在乎立志凡可尊着皆原於偽。桑海之

交。士多標致。擊竹西臺沉函古寺年書甲子。手持

歷。歲。物換星移。不堪憔悴水落石出風節委地。保丫

魏。美。之死靡二何意百鳥殉見孤鶩死而不亡。惟此

生。氣。

謝皋羽年譜遊錄注序

徐野公晞髮集畢創為皋羽年譜注其遊錄書成[illegible]集著者是皋遺憶矣寄書於余俾序之余於皋羽余曾注西臺慟哭記冬青引此時不過尋其文句[illegible][illegible]考故而為之豈知其遂為身世之讖耶今日之序野公書固昔日之書也而意非昔日之意矣夫文章天地之元氣也元氣之在平時昆侖旁薄和聲順氣發自廊廟而鬯浹於幽遐無所見奇逮夫厄運危時天地閉塞元氣鼓盪而出擁勇鬱遏坌憤激訐而後至文生焉故文章之盛莫盛於亡宋之日而皋羽其尤也然而世之知之者鮮矣故皋羽身後八十年張丁始注其慟哭記又三百餘年而野公始為

諸攷百年之中知之者不過數人信夫後世于雲之說
時其間尚有疑义欵与野公討論若發陵之事羅雷發
以为戊寅周公謹以为乙酉陶南村已不能辨其孰是宋
景濂書穆陵遺骼与公謹說合景濂为元史總裁其世
祖本紀二十一年甲申九月以江南總攝楊輦真加發
宋陵冢所收金銀寶器修天衣寺此似發後之語若乙
酉冬發不應以未發冢中之物懸空指用冬青樹引知
最穩年呈在尾却与雲溪戊寅相合彭瑋圭乙酉迭說
以为寅月公謹亦主乙酉然言八月發寧理度三陵十一
月發徽欽高孝光五陵未嘗在正月也唯世宗本紀二
十二年正月初桑哥言楊輦真加云会稽有泰寧寺宋
毀之以建寧宗等攢宮宜復为寺以为皇上東宮祈

[illegible]寧寺櫳官已毀建寺詩末句飲建寺已廢重[illegible]
[illegible]也其六非正月既矣景濂之言高祖出入而託歟
[illegible]斷乎西臺慟哭記甲乙丙三人張丁以吳思齊[illegible]
[illegible]方鳳嚴侶實之思齊有野祭詩可與桂芳有墓誌[illegible]
[illegible]不知何所據也楊鐵崖作嚴侶墓誌云宋括文山[illegible]
[illegible]謝翱吾世也嘗夜與之登西臺絕頂祭酒慟哭[illegible]
[illegible]意學石後作楚客歌聲振林木人莫能測其意[illegible]
[illegible]一人言是嚴侶侶住江干故記言登岸宿乙[illegible]
[illegible]嚴桐廬故記言別甲于江桂芳家睦故記言[illegible]
[illegible]者爲公族衞衞與桂芳俱爲睦人則乙丙皆[illegible]
[illegible]也知下注皆記表而實也不知野公以爲然[illegible]
[illegible]爲一家學文簡看范韓富歐陽司馬三朝六[illegible]

[illegible]皆信也嗟歎其詩渙然矣簡而著皆名信之識蓋[illegible]
野公而表擁撿滄溟嶠壁之間歎起睢睨希睨支撐天[illegible]
丈邦之節之所及矣

王御史傳 己酉

[illegible]安正中字仲搗直隸保定人登丁丑進士第來[illegible]
[illegible]任高唐州會北兵南下轉運銀扛六避入高唐北[illegible]
[illegible]州守以為銀扛旦晚是啟物不如以此犒城免[illegible]
[illegible]義派難之善立要約使與議者押字仲搗與高[illegible]
[illegible]書上失物狀於是逮高唐守及仲搗論死繫獄[illegible]
[illegible]給事中李清理而出之降補揚州照磨移知長[illegible]
[illegible]後失官避地於紹興上監國以兵部職方司主事[illegible]
[illegible]是時公私赤立剽奪為豪市魁里正[illegible]
[illegible]便入民舍根括金帛係係丁壯交錯道[illegible]
[illegible]為某營也仲搗設兵彈壓各營取餉必使[illegible]
[illegible]資產裁量以應之非是則為盜賊總兵[illegible]

[illegible]觸李渡海至姚園掠鄉聚仲昫遣兵擊卻[illegible]
[illegible]行留忌仲昫者以此声討某謂搖之見奪[illegible]
[illegible]當罪正中上疏救之乃止張國柱叔定海王總兵[illegible]
[illegible]船江上入城宰捜者二千八仲昫攔止兩圖大[illegible]
[illegible]掠皆令仲昫為之消息國柱終不得志而去四節[illegible]
[illegible]舟楫蔽江皆帖、俯首不驚雞狗盡入[illegible]
[illegible]時姻洩水之變[illegible]未幾陞監察御史浙河到官[illegible]
為門戶慮食鳥數放船對岸承經一時復鳴鼓轉[illegible]
以為當竟不知有他途之可出者悉。督師以五百人[illegible]
[illegible]戰數日榜雖士卒殘破畧盡而浙西太湖[illegible]
[illegible]著某謂仲昫其勢可乘也極與抽兵得數千人
[illegible]破灘瀨遙益治兵以為長駐之計浙西襄[illegible]

[illegible]兼尚寶寺卿朱大定太僕寺卿陳潛夫兵部主事[illegible]
[illegible]曲劉膽山以侍發丙戌五月禍牙復滘曲壇山以[illegible]
[illegible]踔大遠於武林而列守告瀆事不可為素仲拘挺[illegible]
[illegible]著於任事雖以武事群從倚不為列當所持其[illegible]
[illegible]以剖之也好讀實用之書不事文彩其言星象[illegible]
[illegible]仲炯於獄中受之行朝初建進其所著監國[illegible]
辛大統曆于亥訪某山中某時注授時曆仲拘受之而[illegible]
辰來訪授以律呂辛丑來訪授以壬遁仲拘皆能盡
[illegible]明自某好象數之學其始學之也無從[illegible]問[illegible]
[illegible]目為體及學成而無所用屠龍之技不[illegible]
[illegible]存能聽者矣劉[illegible]然之音使一仲拘之[illegible]
[illegible]丁未二月過之越城為言辛未益困持於[illegible]

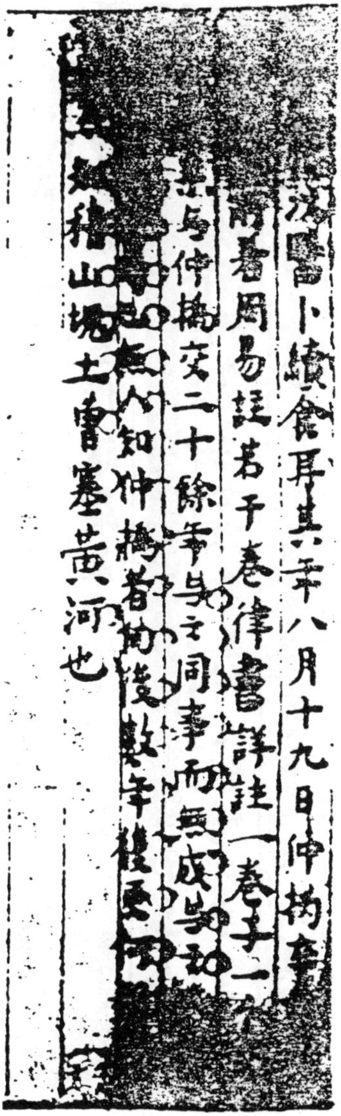

[illegible]沒齒卜續食耳其年八月十九日仲撝卒[illegible]

所著周易註若干卷律書詳註一卷子一[illegible]

某与仲撝交二十餘年与之同事而無成與知[illegible]

[illegible]者也無以知仲撝者後數年種更[illegible]

[illegible]如稽山堤土曾塞黃河也

劉瑞當先生墓誌銘 壬子

崇禎間吳中倡為復社以網羅天下之士高才宿老[illegible]
[illegible]主之者張受先張天如東浙馮留仙鄴仙與余之[illegible]
[illegible]辟書客接後進標榜聲價人士奔走輻輳其[illegible]
[illegible]丁也前輩分部讀書定義者扶行巷西撫要[illegible]
[illegible]其名[illegible]知矣 [redacted] 擧[illegible]
[redacted] 楔
[illegible]書之以追古作議論足以衛名教 [redacted]
[redacted] 哉呈人[illegible]
[illegible]家披閱而意忌以為東林之嫡嗣也[illegible]是[illegible]
[illegible]于厚宿會[illegible]嵩[illegible]劉瑞當為主度為正則為[illegible]

□子負不為物望所歸而又引旁近縣次自助甫上則陵

一虎万艘蔽長江則余兄弟聯木澤挐盡舍舟畜□放起

矣鈍翁不能予相徵逐也嗚呼盛矣瑞當於諸子中

甚畏色正諸子皆引為畏友初與嵩愚齊名坊刻行書

□為要刻及嵩愚登第又與玄度並稱為刻選□□

文章唐析梓刻自紀稱元白□矣交道雖廣而所至盡

賢不過數人入閩則交曾弟八林守一之宪則結沈眉

□府□□□□三過杭李則投夏彝仲其□激揚幽滯

□□□瑞□城□天幸不可得而親也諸從遊先後□

遠士至為天子元老侍從其下者亦且為二千石郡□

長吏總瑞当陪陛老諸生布衣揖讓於博士前既万泣

賓侍一儒官府中不能善芥蒂交朋高會琳者恒出席[illegible]
宴飲次之酒酣耳熱兩人慨離席長歌憂声相和[illegible][illegible]
宮庭閑淨望以盛名為之增瑞当喟然曰吾為同輩[illegible]
[illegible]置身鐘[illegible]之上善乃益彰其老醜耶未幾而南北搆
[illegible]户実隆沉其交遊事息逐頽閭里財蕩慾玄度以疾死
[illegible]仙鄭仙以憂死文虎以刺死華溪以兵死瑞在[illegible]
[illegible][illegible]相望瑞者之風波亦為里中指名即場屋旋言[illegible]
[illegible][illegible]滯亦不可復得乃為潔供疏告於堂所往來者求
法書名畫古器奇花勉強差排悻然不知有生之樂發
為詩文辯思拙句絶似圭峯積久所得嗚呼何其衰也
於是一歲之中東走訪嚴安西走訪余兄弟亦且再三

[illegible]洵洵其、耿、之私下戊子夏瑞當扶其、妻子上乎

[illegible]小艇溯江而上遇風失楫隨波蕩漾而至余家矣

[illegible]越月而訪黃太沖万履安兩記來余讀之怪之瑞當至

[illegible]革多矣獨記此何[illegible]存、越月訃至始知其、記之刻於

[illegible]當深况有識量與之謁判先生時瑞當北上先生傳[illegible]

[illegible]竹邃深事急當為庵從計先生不經談機事直往[illegible]

[illegible]之深也草澳受禍執戚不敢過其、門瑞當見其、夫人而

[illegible]之曰今日之事夫人唯有自盡吾待命於此夫人死瑞當

[illegible]當諱應期字遂當生於某、年某、月某、日卒於

[illegible]某年某、月某、日世為慈谿人六世祖輝廣東參政高[illegible]

[illegible]山東道監察御史曾祖士逵上海丞祖良襄父志[illegible]

授文林郎妣某氏封太孺人娶丘氏繼向氏子三長甲庠生次有壬次有丁女二長適鄉進士黃宗會即澤望也次適秦某孫男二洙濂孫女一溙瑞卒後二十四年十一月二十五日葬於郎山飛見之原甲來速銘曰先子之言之託止有姚江余固瑞當之未亡妻也身歷其盛衰使余不言誰上之風流儒雅無有知之者矣第瑞當其盛時不遠而精神彌滿風味轉墜遠今一世余皓首而談往事味味已聞者得無厭其瑣鈍乎汝甲其深藏之也銘曰

汝南月旦自昔重之不有君子孰與主持唯瑞當遺逸盛壞引繩接墨不為詭隨窮島諸生清議耶功懷而死邪正遂施斯世何樂而為君將之怒水嗚

鄖嶺參差墜言汙履莫使君知

南雷雜著

余若水周唯一兩先生墓誌銘

嗟乎名節之談，孰肯多讓，而身非道學，難吞白刃，体類王微，常[illegible]

[illegible]遁[illegible]，猶勤從者，伯鸞雖節，尚資室家，[illegible]

[illegible]生[illegible]天地之間[illegible]不能不與之[illegible]相干涉[illegible]

和[illegible]前[illegible]易代，而江州之[illegible]東海之[illegible]錢，陽奇抱之[illegible]

[illegible]

[illegible]吾於會稽余[illegible]若水、兩上周唯一兩[illegible]

若水名增遠，字謙貞，曾祖有恩，祖相，登慶府通[illegible]

[illegible]何日書、、五子、[illegible]皆乙丑進士第一人、李增[illegible]
[illegible]甲子也、嘗崇禎癸未進士第、除寶應知縣、劉澤清開府淮南、歎以[illegible]
[illegible]若水拔擢魯官、兩浙畫江之役、補禮部儀制司主事[illegible]
[illegible]一名齊曾、字思沂、高祖徹工部員外郎、曾祖剌、祖揚、父[illegible]
[illegible]登癸未進士第、除廣東順德知縣、邑中多盜、[illegible]以為北叙寇[illegible]
人社倉之法、患非不美、然而其利易盡、於是変社倉為義田、[illegible]
[illegible]之法行之可以久遠、又效[illegible]社之法、行於西北者、行之東南、[illegible]
[illegible]巨舉法命之術、盜一發即得、攝香山縣、香山與番人相[illegible]
[illegible]官欲設泉入臺、直指許之、唯一不可、[illegible]乃上閩中主[illegible]
[illegible]有不便於民者、一即解戢、歸[illegible]兩先生之出、仿[illegible]

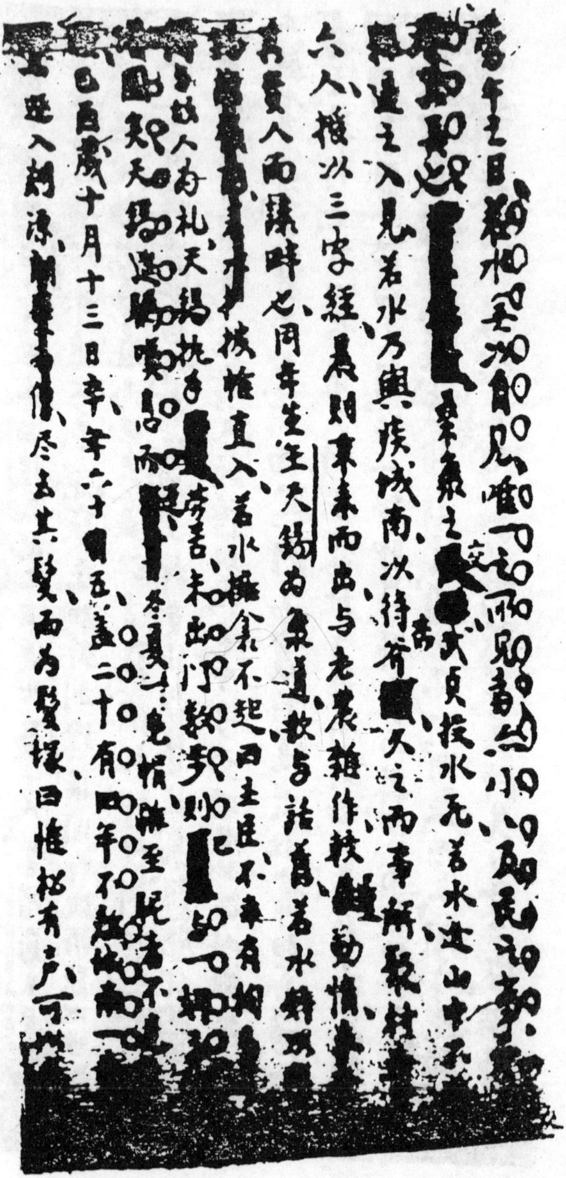

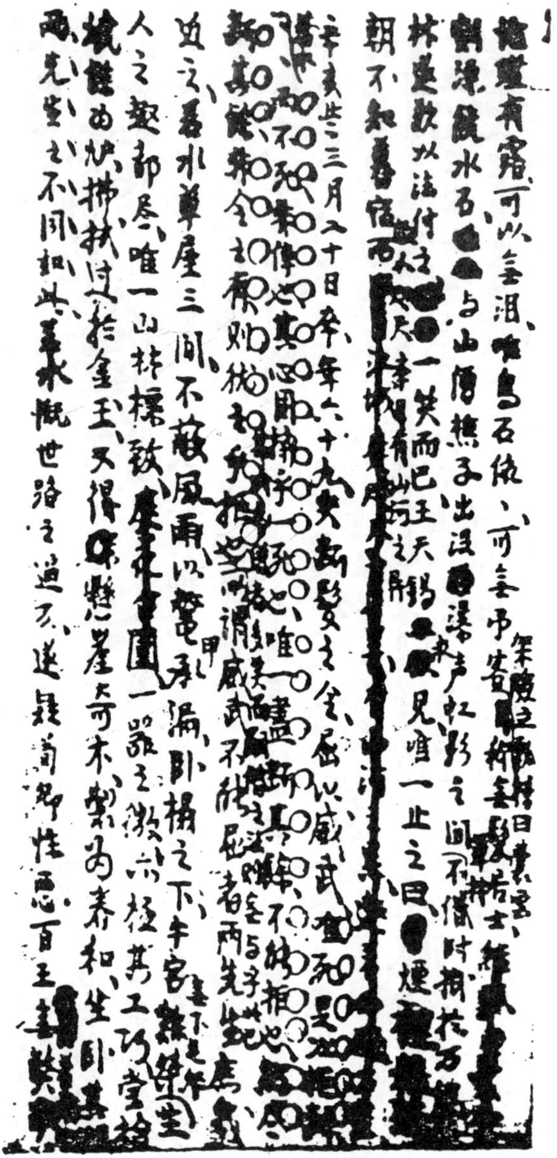

[illegible]一機杼，見電汪淳自序，寓言十九，[illegible]

[illegible]

這路即然路之近[illegible]水然吳山東寓者之門，惟一出盤官兵太常真高

之門，相國則先生諸公之門人也，其淵源有自若水、疾華。余遣某一橋宜令

見子百家內之[illegible]切脉，若水曰：是猶死二十年之前，及於生二十年

是後手，余法然而别，惟一未嘗一向人傳其詩[illegible]怪甚[illegible]

奇特[illegible]一詩來[illegible]恍不意[illegible]然松下一孤鳥，我來仍[illegible]

松雨樹未及松峰，我是人，余讀之，不知其可怪也[illegible]

[illegible]

[illegible]全和詩絕唯一配表錄入，子細四天行[illegible]行[illegible]庚戌世全

[illegible]未及再後七年，天行來錄，余故業水口[illegible]陳用父主進[illegible]

[illegible]以斯兩先生所如，迎父[illegible]有[illegible]之[illegible]而[illegible]

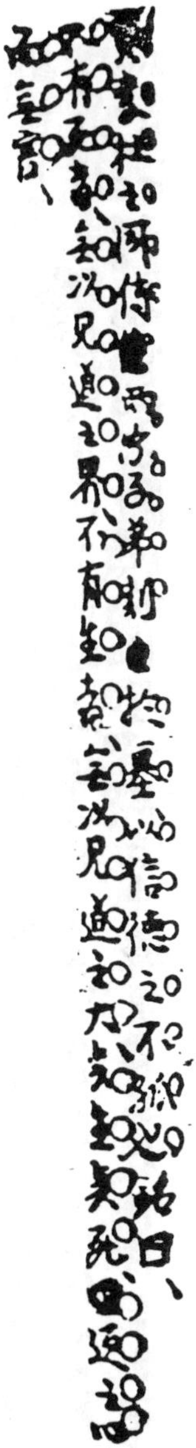

唐烈婦曹氏墓誌銘

烈婦曹氏諱生穎洲之女、[illegible]氣寧大年十八歸同邑唐之坦、、之父
烟亦諱生也、歸六年而[illegible]之坦病、[illegible]、烈婦垂念責其藥餌粟
[illegible]業衣不解帶、[illegible]未幾、疾革、謂其夫曰、吾死我不能
生、[illegible]磁霜[illegible]以待[illegible]滿喪、丙辰七月二十八日之坦卒烈婦不集汝有所[illegible]入
[illegible]之不[illegible]日斥去其砒霜、[illegible]烈婦搗石灰為汁飲之、腹痛而不死、[illegible]日[illegible]
[illegible]、夫將殮、[illegible]死之不及[illegible]射也、碎[illegible]為屑吞之、達
之、又不死、夫既殮而防之者不懈、翁[illegible]慮、烈婦曰、吾數與夫同殮、既失之
、期何日不可死、而必以今夜乎、家人信之、人定、烈婦[illegible]潛起、飲鹵斗許
嗚呼痛哉、[illegible]經時復吐、不而醒、烈婦曰、我求死不得、計惟有絕食耳、
不食二十二日、而容貌[illegible]如故、神理[illegible]、夜半啟戶[illegible]出、投於[illegible]

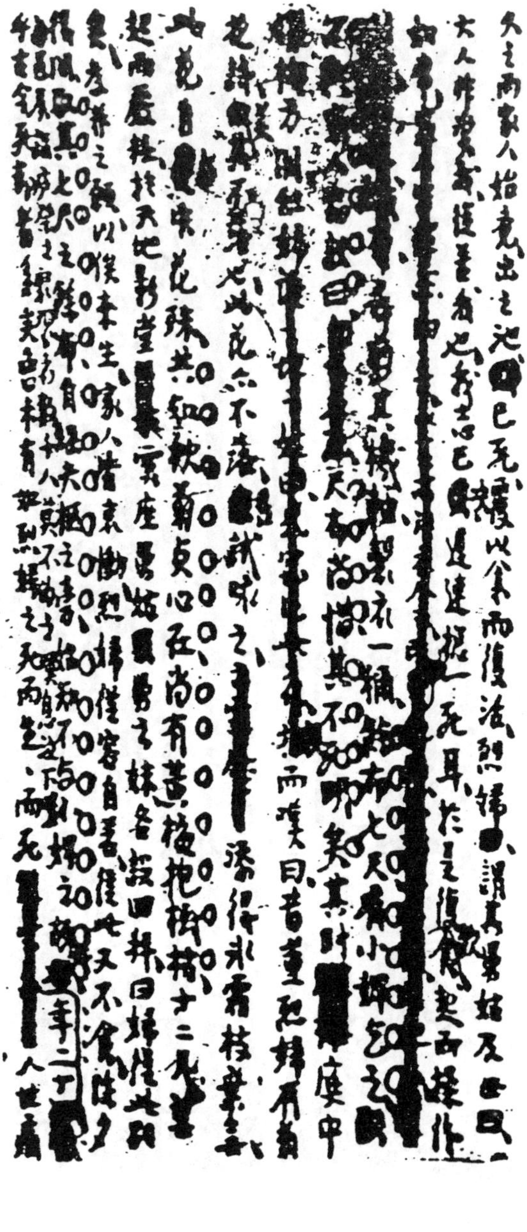

丈夫出處[illegible]子二兩不死[illegible]八月又不死[redacted]何意[illegible]身親見之
吾生之事備嘗艱苦偏者[redacted]如黃河一瀉千里非積石龍門呂梁之險不足以
見其奇[illegible]壽[illegible]死[illegible][redacted]故遂其死以[redacted]正氣之[redacted][illegible]
尸而經烈婦兩為似乎其智之過夫津渴女子一言而況其王臣之[illegible]
[redacted]人孰無知[illegible]知之[illegible]令人見其如經耶[illegible]激其[illegible]可以[illegible]
[redacted]烈婦絕食之[redacted]余在講堂八讀其所續其後[redacted]
吾黨先生[illegible]及是默為式閭之事[illegible]
[redacted]
曾一聞之[illegible]與同事二十餘人為之一往已剛其[redacted]入水不死余[illegible]
吾黨而效之[redacted]乃與萬國[illegible]姜西銘敘語其曷言貞婦之未嘗者於
[illegible]復余逐鉄江寬不相聞今年二月到武林陳子榮子交迎謂曰烈婦死矣將
[illegible]烈婦頗其曷曰吾願見黃先生一拜而死今已矣嗟乎[redacted]
[illegible]如[illegible][redacted]烈婦之志可以[illegible]天[illegible]
[illegible]之[illegible]也某年某月某日與其[illegible]合葬於某所其[illegible]為銘余不得[illegible]
銘曰

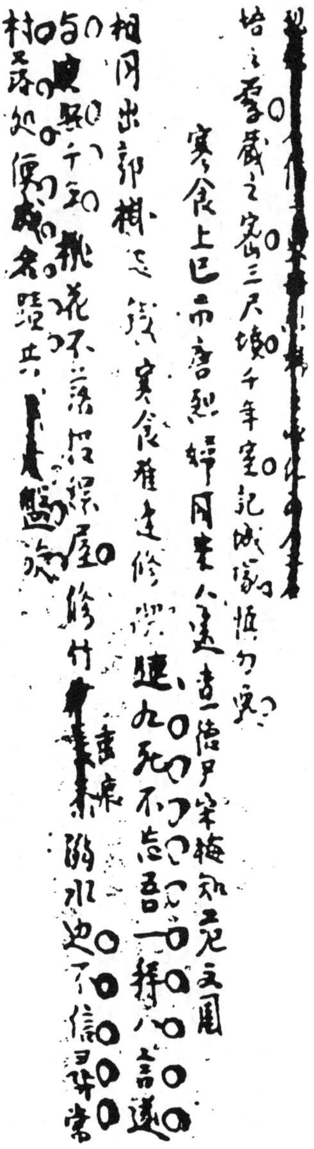
皆之寧。藏之密。三尺墳。千年室。記成啟。慎勿毀。
寒食上巳弔唐烈婦同朱人遠、查德尹、宋梅知、范文園

次葉子吉韻

[illegible]

三百五十家，摸索自修門，意欲規[illegible]，覆不數文園，作[illegible]

[illegible]誰開雋[illegible]，而踏源洛源，請之再三歎，洗滯出[illegible]言。

吾聞玉奉慶，花張[illegible]，[illegible]為主宰，伏如弦柱存，[illegible]

[illegible]路會[illegible]餘干，[illegible]千歲意自

遠。[illegible]錄何足論，一傳而震川，月筋開[illegible]，開文章以載道，不與江河奔[illegible]

馬太史[illegible]不離天根，隱遠[illegible]流長作[illegible]，何意暴洪中有此[illegible]

[illegible]墓，何得御李君，風期托[illegible]，永日而燭，[illegible]忍然意新評，說月[illegible]

當此[illegible]數難論，口吃類子雲，[illegible]治亂留其根，何條可[illegible]

[illegible]係慨，陳如季，西如知，[illegible]不宗王，[illegible]伯亦說[illegible]紜紜。

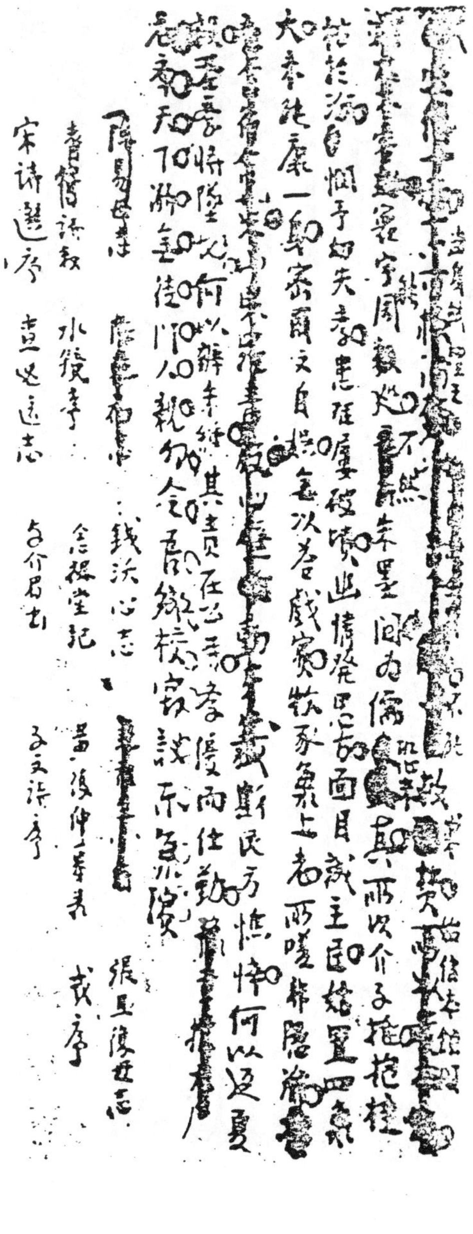

節婦陳母沈孺人墓誌銘

余昔多在姚，來見當往，為秦川黃公子，而陳氏其尤也。有陳昌[?]字明

生、[redacted]應門、既教從學、[?]嗣門、寒士[?]知己、子周門友乾祠之

[?]從子毆支思兩諸篇、雅餘其言談章[?]、不問可知為明[?]先生遵子書

孟之、[?]京貢職、[?]錢其父母、余讀兩[?]葬茶錄、[redacted]之兩成哉、書

[redacted]十、朝生者良不易見、父母沈氏、父蘭[?]何氏、父母在

家甲從代母司管籍、容其出入、未嘗以纖毫自私、年[?]長、歸陳氏、譜錄

古叔叔、入貧甚、以節主受役於外、父母非勝男婦、暴炊滅竈、不復更炊、[?]哉

季孟[?]以已於族來、父母年甫二十九歲、男姑在堂、三孫在膝、[?]

發、[?]因不歿旌夫、[?]而若涉大[?]其[?]、父母何時書、孫男始決、為[?]

[redacted]沈應充人不得例、[?]姊妯[?]絡而已、父母相宵不[?]時、余來何

以其[?]傷大人心、飲食[?]四又精以旨、使當始生其為飲食[?]其[?]奉[?]

兩異人傳

[illegible]髮令下士之不忍受辱[illegible]之死而不悔[illegible]乃有[illegible]

[illegible]事托跡深山窮谷者[illegible]

[illegible]不[illegible]聞於沈屋者[illegible]性為人皆哀終不得免[illegible]

[illegible]鴻[illegible]青阿[illegible]

[illegible]二人[illegible]溫州歷宮山[illegible]寄宿[illegible]

[illegible]其國自[illegible]作說時執有兩[illegible]山[illegible]小兒

[illegible]人向火[illegible]余[illegible]

[illegible]可[illegible]有[illegible]其名不貴[illegible]

[illegible]人[illegible]大[illegible]

[illegible]而上[illegible]

[illegible]貞得其[illegible]不[illegible]

[illegible]今[illegible]其高[illegible]三[illegible]不可[illegible]

[illegible]至人[illegible]不能保[illegible]

[illegible]故是時[illegible]

[illegible]之[illegible]氏乃[illegible]實事[illegible]

[illegible]光景[illegible]古[illegible]

[illegible]生[illegible]十三[illegible]二十二[illegible]

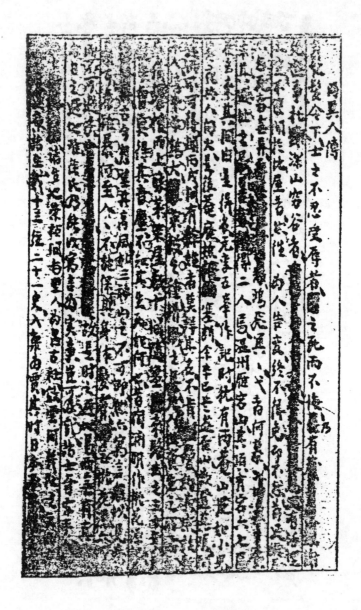

元書召士奇至日平議之以文書之曰自[illegible]文居閣辦事士奇
[illegible]言為翰林相如者是也乃真相如者[illegible]不至於天下
遇輔臣前道弘吉日本在同時難其字韓鎮人也[illegible]
天子雨不敢字[illegible]堂一至輔臣年可六十異[illegible]
[illegible]豈寧為士奇之[illegible]到另之余嘗友士奇[illegible]不
[illegible]士奇[illegible]有顧也之說翰吉長謂今人不如古人
[illegible]建議氣之屈也
[illegible]為人為偉不肯此為降從皆此清宮至妻准予該子入手掛而不[illegible]
[illegible]家病甚之以為何至於是及身[illegible]在其名而後知其言之可[illegible]

諸敬槐先生八十壽序

先高之亂，家景濂避地流子里，其於陳堂之西軒，堂頗狹而為存之守[illegible]

[illegible]流[illegible]沖之若景濂叔直，交情兄指而熱滿中宙[illegible]山[illegible]

[illegible]四明二百餘數百里，[illegible]蔣氏[illegible]於是浹江

而此諸九徵僻居其東偏之室[illegible]一[illegible]

夕過從，則現氣汎湖，與之正雪湖唱和之詩，況匪達[illegible]則九徵

[illegible]九四亮工，詭異雜之方人，宴中既酬，交錦其子，[illegible]之方子

事[illegible]人，一不[illegible]子婦之事其姑也，九徵有大數，況[illegible]於

情余之丑[illegible]，存因六十八，[illegible]且時、祖果錢[illegible]

喫矣，[illegible]兩強，見先生之[illegible]，則自居樸素，[illegible]之[illegible]

淡[illegible]堂之大，歸二六[illegible]子，[illegible]一[illegible]同數[illegible]

一[illegible]是時三世同[illegible]十口，仰[illegible]

生，而[illegible]今山祖已平言返故居，五月二十一日為[illegible]先生

八十大誕，先生好現[illegible]祖理之為，過錢余請記，故予數十

載人所以[illegible]安託內事，士農工商內業不用，而其主於[illegible]

一[illegible]之法則未[illegible]，不用，而其主於取於其有則[illegible]

故[illegible]中[illegible]而[illegible]

[illegible]

[illegible]全[illegible]衛[illegible]之拄[illegible]寧[illegible]風[illegible]為[illegible]

[illegible]記[illegible]是豈一朝一夕之故哉，蓋人皆知[illegible]

[illegible]發[illegible]知天何[illegible]其[illegible]先生之言[illegible]胡程堂書

[illegible]天之[illegible]以為民也，是之[illegible]臣以行保民之[illegible]臣之事君，以行其愛民之行

[illegible]之世，善善者是之[illegible]則天下之[illegible]人君子不[illegible]之用而上下[illegible]而同[illegible]

民害[illegible]之人，其[illegible]朝堂，嗚呼！[illegible]今之[illegible]向若以先生[illegible]心

至何至於如是哉！昔[illegible]山開[illegible]道生[illegible]至其[illegible]年百有十[illegible]

斯[illegible]世[illegible]之禮，其視[illegible]其[illegible]先生[illegible]

今回[illegible]至今[illegible]不[illegible]

[illegible]民[illegible]王[illegible]作[illegible]

[illegible]晚生黃[illegible]頓首拜撰

陳齊莫傳

陳[redacted]京字齊莫明之鄞縣人東浙建義授兵部職方司主事監衢州諸兵
隆[redacted]六[redacted]御軍丙戌夏入仙霞關將奏事於延平行在八月福州破百
官皆散竄二十八日君從商臺登舟十月群舟皆泊東石先是[redacted]內[redacted]秘於平
國侯以閩粵王爵平國信之堅意降附太宰張觀翔以下皆不可賜姓深
向族亦不從今[redacted]建國居監國於廈門平國舍
其縱主以獻建國以術免平國北去十二月朔賜姓合文武群臣於烈嶼設
高皇帝神位定盟恢復丁亥仍稱隆武三年群舟移於南澳君從之[redacted]
魯王者遠近至軍声頗振四月閩部熊雨殷爲君加授光祿少卿五月[redacted]
命移屯廈門賜姓駐鼓浪嶼設演武場[redacted]
賜姓奉隆武年號定國奉監國年號各不相下君受知於賜姓授[redacted]
始稱隆武合軍略使來爲調人諸不得七月賜姓合定國潮進軍[redacted]
[redacted]花山不克十月落路相皓月欣也曾相二室授詔頒明年隆武四年戊子[redacted]

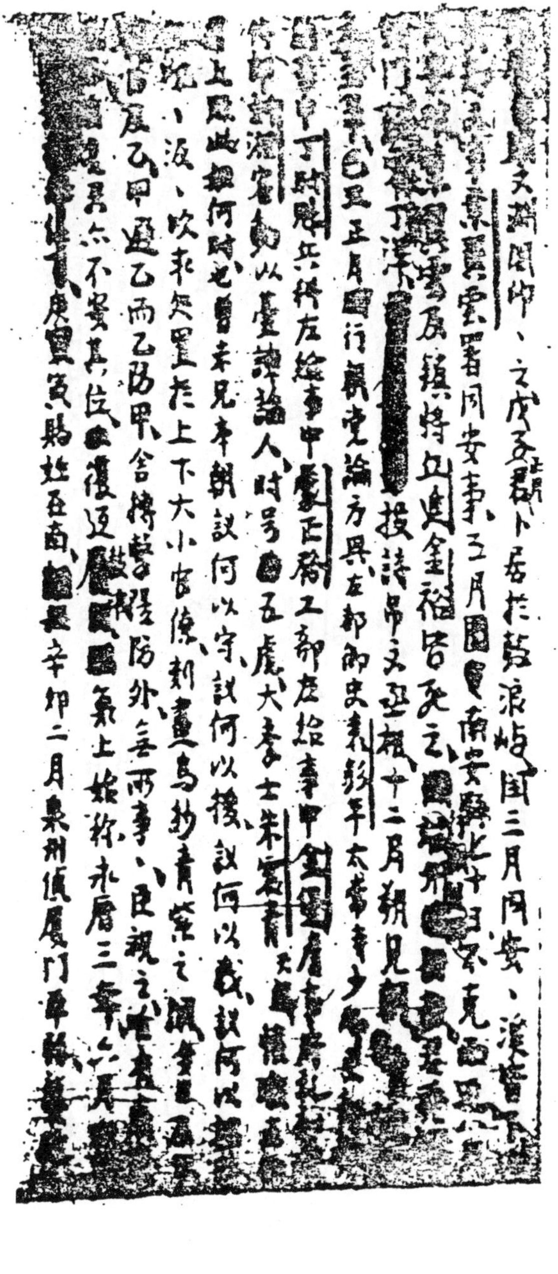
[illegible]具文𢍰閣帥、文武百官下居於鼓浪嶼，閏三月同安、漳浦皆下[illegible]
[illegible]景星署同安事，三月[illegible]南安縣[illegible]克西[illegible]
[illegible]援鎮將丘進、金裕皆死之，[illegible]
[illegible]門[illegible]丁未[illegible]投詩吊之。丞相十二月朔見[illegible]
[illegible]己丑正月[illegible]行朝覺論方興，左都御史袁彭年、太常寺少卿[illegible]
[illegible]丁時魁、兵科左給事中蒙正發、工部左給事中金堡[illegible]
[illegible]劉湘客勇以臺諫論人，時号為五虎，大學士朱[illegible]
[illegible]上疏曰：此何時也，曾未見本朝設何以守，設何以援，設何以戰，設何以[illegible]
[illegible]呢、波、吹求先置於上下大小官僚，刻畫鳥獸，青案之[illegible]
[illegible]當庚乙甲，避乙而乙局畢，合將[illegible]防外，無兩事，臣視之惟[illegible]
[illegible]不安其位，復退[illegible]氣上，雖称永曆三年[illegible]
[illegible]庚寅貳縣赴五南，[illegible]辛卯二月泉州復廈門，尋[illegible]

官二室自□、諸將□遁於浯嶼，賜姓自南至泉州，始退。十二月，□攻漳浦，知縣
出降。壬辰，□□□守將赫文興率城降。圍長泰縣，陸督來援，敗之。監國次舟山，陸宗
西巷至廈門。三□□□復平和、詔安、南靖三縣，進圍漳州府。七月七晦，晝進□五人斷路
□、其□□十僕。八月，刑部侍郎王忠孝至自五指山，言思文在五指為僞健而勸之至
時故臣皆不能決。九月，金礪援漳，□師失利。癸巳正月，五指山復遣使來，□上
在閩諸臣，使言思文今在五指，往平遠縣，將起兵，故臣乃□具六疏，請自翔
臨視。□幸不可得。三月，魯王自去監國之號。五□月，金礪以□攻□遲
伐大陂□□□南下，會潮州守將郝尚久□五縣，屬潮陽□□林□
始赴□□午□□□漳泉□潮□□上利□不□，三月
二十六日，行朝隆璆、黃州□與所上，以久不得出，私以手物遺西寧，□秦之論
內閣吉翔、龐天壽殺大學士吳貞毓等一十八人。吉二 內武臣一 內 四月，新會圍漳
總兵潮州四郎，加金□上利□，不受，潮州復陷。十一月，賜姓□水陸師□而寧□

封[illegible]十二月拜[redacted]隱漳州府事，尚十料，降者九，拔寨不下，十二日泉屬七縣下，香
六乙未正月破仙遊，攻凡半月，二月議借兵日本，以君為使，不果，四月據粵東，王師失
利，統軍右臂，揭陽失，五月賜姓大演陸師，戊甲揭日，集[redacted]紳視之，六月奈氣大潑水
師，九月南征，破揭陽、澄海、普寧三縣，命峻揭城，毀澄普，十一月舟山巴旦吳奉成降
[illegible]師，丙三月，阻風至是，始抵城下，十六日世子再遣使議和，丙申正月十一日，始[illegible]飯示
居十[illegible]大燒曆，以二兩年存[redacted]事也，台州守將馬信棄其城，納降於舟山，二月海鷹
[illegible]用洪[illegible]保養，厦門謁賜姓，五月初十日[redacted]粵師失利，揭陽斬其將[illegible]
[illegible]由將，因收復其妻子，閏五月收厦門，中左所為思明州，六月二十四日[redacted]
[redacted]黃梧以其眾叛投[redacted]，和縣王元士從之，協將[illegible]不從，斬
其眾，後[illegible]城出，七月初五日[illegible]師，北伐，奪取安鎮，斬其守將胡某，乳生擒吉
七十餘人，二十三日戰於南臺，奪其橋，又明日戰於橋北，再勝，二十六日戰於故
城，垂[illegible]二十五區，擒庶平侯將張禮，[redacted]八月初四日復連江，二十六日舟

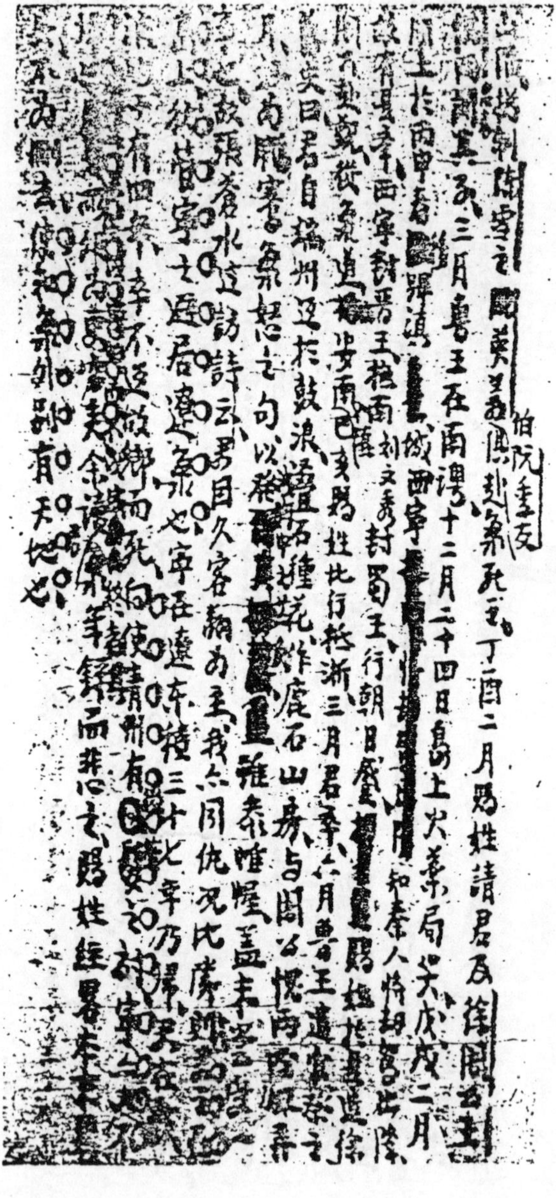

錢忠介公傳

錢忠介公諱肅樂字希聲別號虞孫浙之鄞人也祖若賡隆慶辛未進士知臨江府臨江三子長靖忠萬曆戊午鄉試以[illegible]中思瑞安縣學訓導次敬忠天啟乙丑進士知寧國府公瑞安之子也母楊氏繼母傅氏公登崇禎丁丑進士第是時場屋之文雜宗大家而空洞根柢獨公沈湛於大全以歐曾之法出之故一時學者名家授太倉知州二張貝人倫之鑒吏於其邑者投謁見公下車奉教二張交口讚誦公嘗每謂人曰我若得罪天地者今[illegible]自揣傳家畺口炊米截身置屋書生[illegible]知[illegible]近副部[illegible]郎丁瑞安憂浙東設降附公大会縉紳士子於城隍廟[illegible]哭數陳建之義旅鄞夫恐而衬階陰致書安帥王之仁[illegible]起自一二廟安書生滇以公之立威脅之方可安事虞安書生[illegible]指之而言忠已而定帥至寧陳兵數隝[illegible]要公紹出鄞夫之書洛請價

上、都夫戰守款奪之、主帥色變、公令之任餉、否止、畫江[redacted]宗、公分汛瓜瀝

科察院右僉都御史、尋陞右副都御史、上[redacted]言國有十亡而無一存、民有十

死而無一生、吳[redacted]人巷避、不肖擯斥、一也、憲臣劉宗周之死、關係宗社、[redacted]章

太宰朝與未備、二也、外戚張國俊權傾中外、共指神叢、三也、臺省[redacted]宜諫、發言

直廷、無得辟杜、四也、朝章甲令、委諸草莽、五也、[redacted]狎邪小人、備推薦

以至貝闕冀下流、冒牽文而入幕、六也、鼓噪江干、閧語自日月、姓之爭、李長祥

西北作房、七也、咫尺江波、烽烟不息、而越[redacted]衣博帶、滿目太平、蹤笑滿舟之中

酣歌其棲之下、八也、兩與托國者、强半弘光故臣、鵠鳥怪戶、東徙、統惡霸、嫉妒至

於不改、九也、民為根本、七月雨水、廬舍漂沒、以水死、西成失望、以餓死、挑干戈以衛

接援、以戰死、[redacted]文武衙門、絲縷寸絲、一日數至、以供右死、越人衣食、取辦於

彝棒、調發既多、民皆洗舟東向、以無薪死、[redacted]

[redacted]此戶因於誅求、此營未去、彼營又來、以財死、富室輸財、亦以義動、竊

[illegible]是而負此橋梓寧邑以刑恐大兵所過沿門供億怨詈及於婦女[illegible]
[illegible]從乙去貧而揭丁去恐[illegible]百姓者起以憂皆恐今竭也
[illegible]不是以諸鎮之一吹[illegible]將來合藩鎮之兵馬不能衞小民之一[illegible]
[illegible]十餘萬不[illegible]國変計不知所紀寫矣戶部主事錢肅樂之[illegible]
[illegible]兵八邑會有義師專供本邑寧波鄉紳王翊公言臣肅二[illegible]
[illegible]理[illegible]還任臣自李義而來[illegible]未當終不致傳[illegible]庐墓[illegible]
[illegible]入臨清關君之靈也不清則以死繼之擬師既潰[illegible]況[illegible]入[illegible]
[illegible]陽於福州之化南上至[illegible]從亡者[illegible]
[illegible]臣此是[illegible]彩平奏履[illegible]閩去周瑞[illegible]
[illegible]兵部尚書事以朝見是大國事以自[illegible]不能[illegible]
[illegible]不得於一方請以是國為元戎諸鎮皆受其節制則兵出於一矣天[illegible]

兵貴精鍊，然練兵存乎久之事也。今命建臣挑選敢死善
戰之士，不論某營，另為一軍，自今一切封拜掛印，暫行停止。懸金印於
此，令曰：有能挑選之兵，為先鋒破敵者，不論守把將官，即以印綬之。試看
四方就食者，以能戰者為私兵，孰肯令其挑之以去。公言六年已頗殿法令，
建臣以下六大營，每營挑選敢死善戰之士，另為六軍，懸金印六於此，令曰
各路將卒，營內挑選之士破敵者，不論守把將官，以印綬之。上次為某，會是定
總兵應領振，上之初入閣也，次中左兩、、、、若路姓兩營之比之路姓不
上，以丁亥之南，陛武三等，故上疏，次之長恒選建，自改其軍建
與馬，是年十月出擬票，明年晉三年，大統曆，時封
不石，晚應諭，春為右副都御史，鍾岳為建政司便
又題為帑兩公，時平則高洗耳，世亂則美寒宗，急於病讓矣，前吾

[illegible]知君[illegible]東歸人[illegible]印招佗，嘗予公等[illegible]斯言，二乙[illegible]然起追而
[illegible]不出矣，度予上次閩安鎮，公請立史官，言近日有主上遺民皆奔[illegible]
[illegible]光復良長，然知[illegible]對以臣得臣[illegible]之上，[illegible]其清言，又重[illegible]吉曾[illegible]
[illegible]以[illegible]雷即此三事，皆可傳遠，宜以[illegible]度[illegible]香來閩[illegible]
[illegible]
[illegible]
[illegible]
[illegible]
士類中豪[illegible]起兵福安，攻福寧州，特破其帥余[illegible]華，[illegible]摩[illegible]譯人[illegible]，[illegible]
[illegible]氣上天子，紹中國公，公致書謂將軍終不附有宋末第二王，不臣[illegible]上
[illegible]座不在[illegible]中矣，復世卒以正統歸之，而況於不為宋末者乎。今[illegible]
[illegible]以吾今忠之，則非其人也；以言乎保身，則非其策也。[illegible]滄島以[illegible]

寧危行而自得，許之左矣，登華送詣建國，建國欽使其紀人守之，如
[illegible]至建國，建國求擇其地，公与林相書，答不直建國之，陳之甚公
[illegible]在[illegible]是正恒疾動而卒，六月五日也，年四十三，上甚宜致哀悼者
[illegible]命，僅六年而間，入薊與過弟[illegible]之嵩，蔡山權要曰：自念生而缺氣
[illegible]為鳥兩殷兆麟廟与乙四人皆相行，預[illegible]頭於滇，[illegible]於宙曰：公
[illegible]因[illegible]稍而死，至吾文謝孤窜，[illegible]自逐於万死一生之中，[illegible]坑害仁之臣
[illegible]其建國得自由也，未有一切大臣聽命於我，[illegible]之言
[illegible]不同，呼吸之生死，耐喬然不得一置可否，如嘉客，如旅人[illegible]
[illegible]上，則建國雖定，而不啻一丘之貉，公与兩殷[illegible]有兩[illegible]
[illegible]誠，是入其懷，宦臣之熱血，不濺於疆場之鐘鼓，日滾夫，躍騎毛干戈[illegible]
[illegible]是[illegible]也，至其[illegible]有明之文武，豆分書生，視其政事如鬼神，將局對[illegible]
[illegible]上，當其時[illegible]之娼，兵權在握，[illegible]乙皆悍，恐推去，不敢自任，武人大器

兩錢已喜反知公之從子鼎則款余次之、二十年來、參稽之事、者識、若設傳、

筆史是、不知涕淚之霑衣而已、

武林許光祚[illegible]表各五門[illegible]光祚[illegible]先生[illegible]先王
[illegible]光祚曰古以八重之三兩之何以在古先生曰余所
長但不敢以一字落人洞一耳光祚一笑而止
吾[illegible]目[illegible]口關[illegible]二十七之內諸名[illegible]七回[illegible]行其[illegible]
[illegible]一微[illegible]矣
[illegible]數十人[illegible]

姚江春社賦

原夫祠宇古[illegible]東嶽[illegible]五兩[illegible]天帝之孫、五岳之長、而[illegible]

[illegible]以召魂[illegible]五帥魍魎伊黙首之[illegible]知、唯村社之是仰、咸敬奉[illegible]

[illegible]而居[illegible]至姚江之迎賽、尤[illegible]人情之[illegible]蕩。時當[illegible]春[illegible]

[illegible]同[illegible]而未[illegible]折[illegible]而[illegible]於是金鼓[illegible]鏗鏘[illegible]煌[illegible]

[illegible]則[illegible]十里之霧[illegible]則[illegible]星之[illegible]

[illegible]夫及[illegible]

[illegible]柳之[illegible]上林之[illegible]城東五里有[illegible]十六之日四方畢[illegible]

[illegible]十[illegible]加万[illegible]人於[illegible]旋如[illegible]吹沸天則有[illegible]

[illegible]王[illegible]蓉[illegible]開[illegible]

[illegible]

[illegible]可[illegible]者至[illegible]而[illegible]人[illegible]夫[illegible]真[illegible]起
[illegible]乃乘其鼓浪龍[illegible]出戲、五彩陸離、鱗甲錯雜、[illegible]
[illegible]濤狂潮[illegible]、而[illegible]之[illegible]至、遠松[illegible]
[illegible]一束、[illegible]工[illegible]不[illegible]推支[illegible]折見[illegible]
[illegible]至若元夕以繼晝、當其月浪天上、士女雜沓、燈火上連[illegible]
[illegible]而江上神燈[illegible]其間、
於是散於空翠、散於野田、眉大矩[illegible]均火分、倍者近者遠、交然
[illegible]而[illegible]而知[illegible]妹者以為梵之徒
而不知天文之變於山川也。[illegible]鄭女為華[illegible]婆娑、成為土色[illegible]
[illegible]而[illegible]三[illegible]
見千古文章之變、觀之夜月、神緣花風至數乎此甚矣

[illegible]楚人主在昔矣以[illegible]余東[illegible]若[illegible]忠矣此若[illegible]

[illegible]春遊[illegible]四十四年復見[illegible]於城[illegible]人[illegible]其尾一[illegible]

[illegible]以 先[illegible]公入鄉[illegible]城東[illegible]日值[illegible]之[illegible]

[illegible]上[illegible]介[illegible]言[illegible]姚札拜聚[illegible]三于[illegible]方[illegible]

[illegible]人[illegible]白[illegible]

[illegible]已西千古人物[illegible]

初[illegible]賦之

濮仙七君墓誌銘

君諱[illegible]龍，字二為，別號濮仙，鄞之西園人。少善為文，長游庠序，乃棄以從[illegible]遊敖，以山水詩酒自娛，水竿數頃，不時寄歡謔，以見欣戚。鄉里爭忿，得君一言，即釋然如故。年七十餘，從[illegible]，苦吟不自休，如有逋責。疾病彌留，遺命勿作浮屠事，賦詩一首而瞑。有草窗詩十卷。君家貧，不貴諸生，角巾[illegible]深衣，所居隙地纔丈許，遍門修竹數十竿，終日吟嘯其下，不異山中人也。余嘗道之，君以為真子之所白，其雖泰取其[illegible]擇五言[illegible]，略論數篇，竹聲蕭颯，風味清遠。古之言詩者，不出賦比興三者，賦[illegible]言之，其知如臣中血，啣郭陶陶韓，啣以召之，相可得也，江左為[illegible]雖物為情，則偏於賦；詠物，則偏於比；玩景，則偏於興，而詩之[illegible]滿矣[illegible]

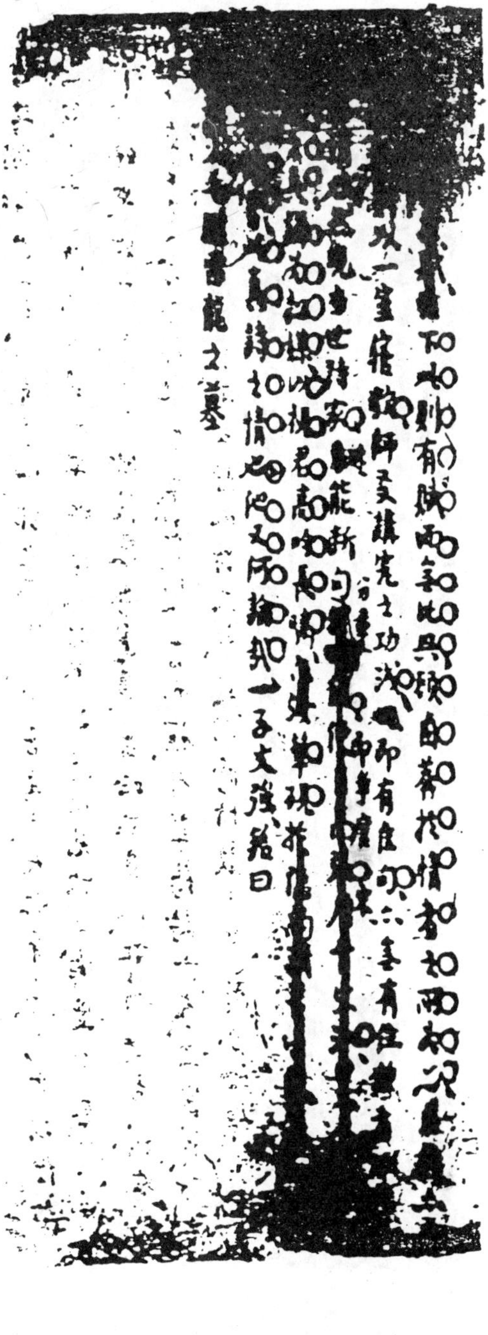

碩膚孫公墓誌銘

嗚呼丙戌六月二十四日孫公碩膚卒於滃洲海外之舉而界外殊絕內地矣然乙丑

[illegible]滃州[illegible]於定海其孫詢復渡海載公柩還葬湖上公墓之不作其貧

者四十年矣余與公共事時皆力未到今權於頊鄉人始得銘公之墓公

諱嘉績字碩膚號燭湖先生孫氏時之後五世祖迎從江西古部御史死虜遂家之餘

[illegible]忠烈高祖燧尚寶司卿曾祖升文林郎監丞祖[illegible]入朝閣大學士謚文恭父

如工部郎中妣楊氏贈太淑封誥贈恭人公舉孝[illegible]崇禎十以才稱登崇禎丁丑

進士某授南京工部主事時諸忠之禀應天府丞為公所劾正開張風見之範

擇手而發之本兵聞之大怒調之方司郎中[illegible]行[illegible]

[illegible]有風壓之警[illegible]傳成川堂皆不利於進去公曰此不難知當仗[illegible]

[illegible]既而兵敗高帝北遷棄世一區公嘗懷撫拾之是時根甚然由於現在成敗[illegible]

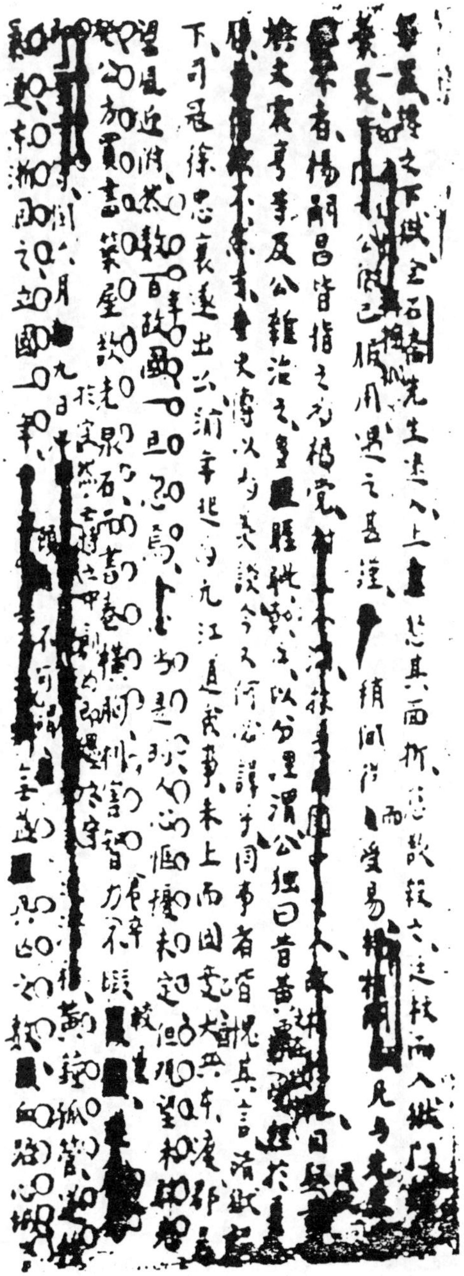

修樫漸鄣沁淵鄞[redacted]漢、和綿不細剛淚弘範遊崖山、和當和
二至、陶和必[redacted]論加一冗細閫閟枘也說在敗收利銳之外看己相公[redacted]
丁丑赴試、縣令梁侯樟亭公迭拔第一、榜發不錄、及辛酉州道臺[redacted]
臺道之南徙、因明初之第一足前定之矣、[redacted]東浙[redacted]臺左僉都御[redacted]
大學士、[redacted]生萬曆甲辰九月廿四日、卒、配陳氏封夫人、子述、乾、中書舍人
臣海外歷[redacted]司農操兵納州同知訓導諸生[redacted]識詮孫女某人、其
婿正誼、即余子也、公詩法王孟、其文集散失、止存數十首、以外則五世[redacted]
實存直錄、銘曰[redacted]名臣文指為鬼
婿唯忠烈抗尸武面[redacted]萬曆三年、忝正統清節[redacted]
臺之際、文恭是類、大廈已傾[redacted]一木血指明知也匹夫呼號

蕺山同志考序

稽子曰、一閧之市不勝異意焉、一卷之書不勝異說焉、一閧之市[illegible]
之形一卷之書、求之之師、致自濂洛而來、以理學鳴於後世者、稽[illegible]
得意錄、考其淵源、却印、泥不差毫末、即以子貢之賢言不[illegible]
聞而者其罕而貴之、[illegible]況他人乎、蕺山子劉子以清晉麗[illegible]
起千年之旨、其傳出於從遊諸徵庵、、師[illegible]庵之一人、、[illegible]
[illegible]眾哲皆熟、、劉白沙陳先生之[illegible]
[illegible]
[illegible]其爲蔡[illegible]
[illegible]
[illegible]天先生在當時[illegible]

亦未嘗取證姚江而後言之今先生之學真已統一
豈非師道屬之門生散在四方後學而統一而論
當其標起閒居遂東不得不歸劉氏之學[redacted]
[redacted]
[redacted]其歸宿者天下後學其為宗之宗為
當時而稱豈以一時感慨為語之[redacted]山陰山
蓋其國作越山閒未甚昔錢緒山作陽明先生年譜
識其門弟子一證於[redacted]之日一證於存齋之日一證於
時會之所集人沒則從其子弟門人罔有見其名而不知其人

學人而未窺其書者、皆而不錄、蓋先生既不藉從遊、門庭之廣

師承證先生之義、方當亂離、道路梗塞、亦難於詢 [redacted] 搜討

宦遊會 [redacted] 之 [redacted] 問答之言而已、故不得以繹山為師承

錄見於言者、所謂見其名知其人者、則以繹山之例、之 [redacted]

[redacted] 及門私淑 [redacted] 已有論定

言以為他日之從祀者 [redacted] 疏其爵里 [redacted] 則大略用其例

標志之語也 [redacted] 可爲述爲孔子弟子列傳 [redacted]

[redacted] 以言

人所有之大特書者、乃所以爲述之概見如人舉其不能

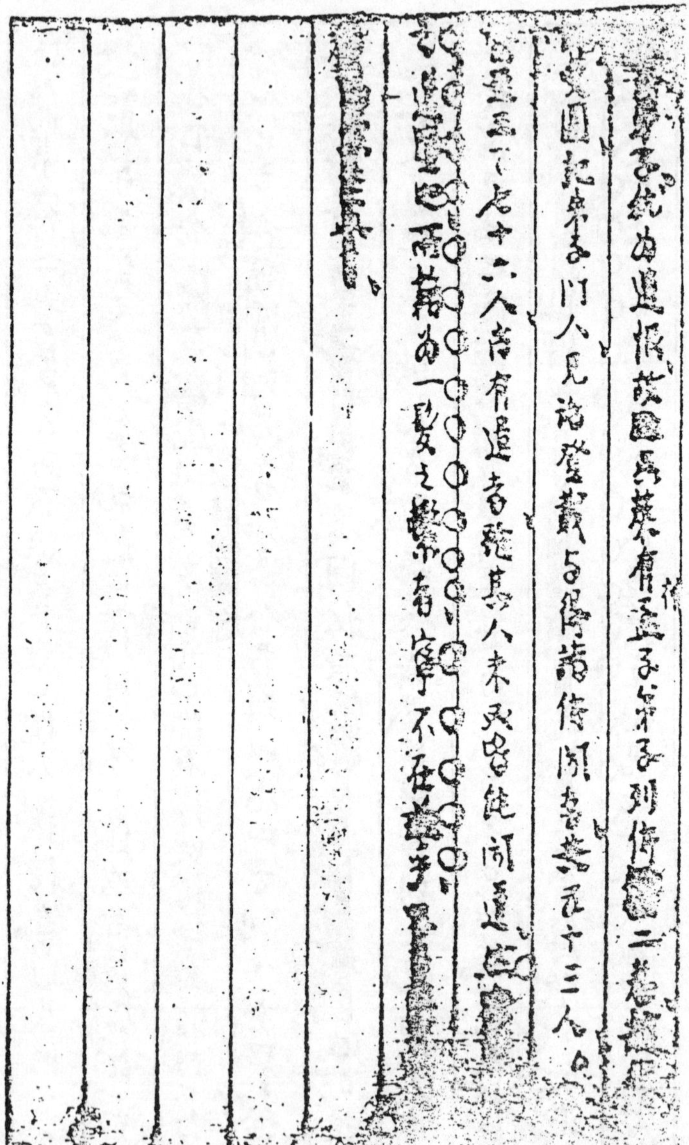

謂孟子既沒道絕故國學有孟子弟子列傳[illegible]二卷起[illegible]
[illegible]國記弟子門人見諸載籍與得諸傳聞者若干三人合
而孟子之居十六人皆有道者雖其人未必能聞道[illegible]
然道由而著為一髮之繫有寧不在茲乎[illegible]

敕封吳孺人墓誌銘

[illegible]以[illegible]夫人之[illegible]乃請夫人姓吳氏父

宗阮銘止[illegible]太生之[illegible]讓嘉酈叔州討推官康熙乙丑年八十

壽陽其之府長太母周氏封安人[illegible]止[illegible]

歲正月二十七日卒于[illegible]其子維祥

江漢詔中丈、少從父之京師之伐[illegible]入從先生之門生長華隆十九濟錆畫吳德山才

下不當有家事夫人繼父先形救相爭受苦之母[illegible]又為一微一濟英如學中

乙酉猛起陸梓求懷夫人三徙其居與杯[illegible]於[illegible]遺命於

林藏葉鳴之下危息之中能出給恆於烈稻止給宗於此中之年已故貲新

康[illegible]退抱孫長息婚嫁自立皆夫人十指經營建[illegible]為息蕃述

清談滿屋爭雖盤從不明語而集一門[illegible]子男筆[illegible]花女財帛

[illegible]

嗚戒西語[illegible]剖其青藥傳之音為其業[illegible]

[illegible]

嗚銘曰

文人之德天人之和是以不朽

[illegible][illegible][illegible]然擢其子曰吾生平自來[illegible][illegible]自謂未嘗得[illegible]以此告[illegible][illegible]於地下可[illegible]
[illegible]前免之矣

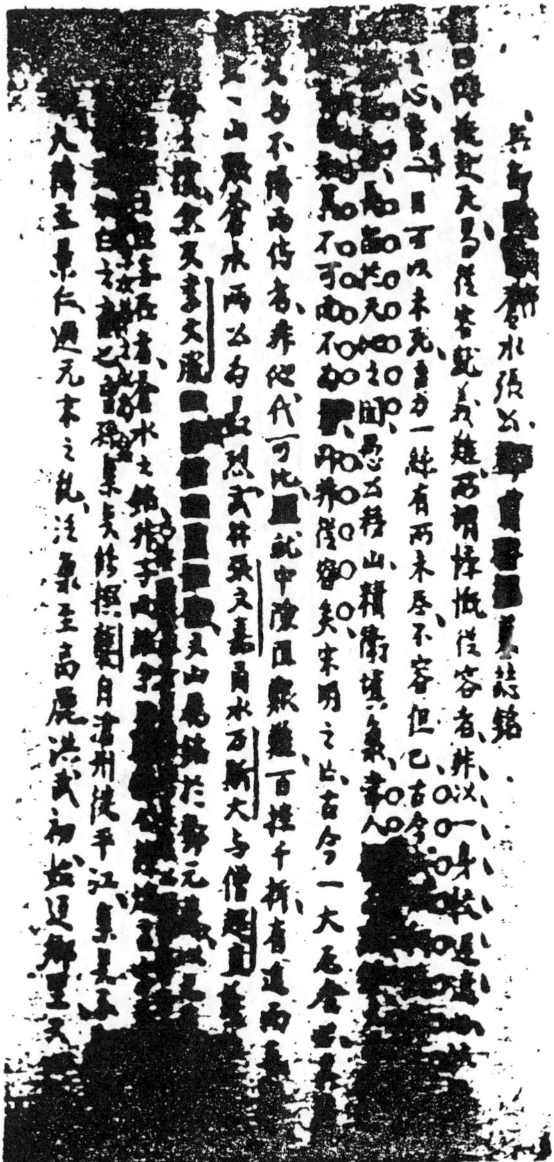

此香桂名長伯祥，奉效化癸卯書，次進、次翔、次蘭，里人[redacted]封嘉善。生鍚、生澍、生尹嵩、生宸翀、生圭章，字兩如，天啟甲子舉人。

封里稱部員外郎，公之父也。妣趙氏，封宜人。公幼穎拔不羈，好與俠遊，喜使俠遠，則私年費其生產，兩卿恨之，然風骨高華，磊落不可一世。年十六遊，諸生。時魏天下多故，上欲重武，令試文之後試射，諸生從事[redacted]斯，射莫能引弓。公挽弓抽矢，[redacted]王發連三中，聲震如素習者，觀者以為奇。崇禎壬午舉鄉試。東江建義，公與錢忠介同事，授翰林院簡討，出籌軍旅，入與朝論。閣部師潰，公既奔依[redacted]虜於滃洲。明年松江吳勝兆反正，公以右僉都御史持節監定西侯軍以援之，至崇明，颶風覆舟，公匿於房師故鎮將上全家以免，得間道歸鄉里。又明年移於上虞之平岡山寨，與王司馬相犄角，[redacted]度破新昌，瀕海列城為之震。閒庚寅[redacted]滃洲[redacted]為行在，公扈從亡，[redacted]居舜王閩[redacted]棄時閩事主於延平，遂奉桂朝，主上為寓公而已。丙殺[illegible]、[illegible]啖鷂首而北之、咲[illegible]拆、明年[illegible]監定西侯軍
入長江[illegible]金山、遂[illegible]泰[illegible]三軍[illegible]失聲、燧火通於[illegible]趨[illegible]以
上游師未至、左次崇明、頃之再入長江[illegible]子磯、南都震動、而師徒卑險[illegible]
中原豪傑、會響應者、亦遂東下、[illegible]戊戌[illegible]中、遣使授兵部左侍郎兼翰林院
學士、延平北伐、公監其軍、破羊山、齕為村、氣舶[illegible]者[illegible]、義陽王溺焉
羊山鄣、氣中小島山、群羊乳其上、見人了不畏、然不可殺、殺之則風濤立至、軍士
不信、執而烹之、方熟而村作[illegible]、遂旋、明年五月、延平全師入江、公以所部義從
千人、從[illegible]至崇明、公謂延平、崇沙乃江海門戶、懸洲可守、不若先定之、為老營、脫[illegible]
[illegible]江[illegible]進、逸[illegible]、是依、不聽、將取瓜州、延平以公為前茅、時金[illegible]
[illegible]大[illegible]峽[illegible]西、滿[illegible]知[illegible]聲雷鄭、波濤起之、公舟在其間、風定、遂[illegible]
[illegible]節[illegible]複[illegible]日[illegible]敗、至此一、本天若祚國、從枕席上過師、否則以[illegible]為[illegible]
[illegible]兩及此、數傳而退、飛火[illegible]如而[illegible]、盡[illegible]而[illegible]相之[illegible]、明日延平始至

[redacted]以師兩向，延平先入金陵，公先東[redacted]
[redacted]吾頌只東口、金陵捷書、開萊多至、內之書何不曰吾以偏師水道[redacted]薄觀[redacted]
門、金陵[redacted]守不敵、星夜分援它郡、延平然之、即請公往、未至儀真五十里吏
民迎降、六月二十八日、抵觀音門、延平[redacted]已下京口[redacted]水師早至、七月朔出晴
華上人掠江瀨取之、五日乃破、遣別將以蓋湖陰書生、延平請蓋城上游門戶、
[redacted]自郡不足久下、則江楚之援日至、控扼要害、非公不足辦[redacted]、七日至[redacted]
[redacted]度形勢、一軍出溧陽以窺廣德、一軍鎮池郡以截上流、一軍拔和陽以固采
石、一軍入寧國以逼新安、傳檄郡邑、江之南北相率來歸、郡則太平寧國池
州徽州、縣則當塗蕪湖繁昌宣城寧國南寧南陵太平旌德貴池銅陵東流建
德青陽石埭涇縣黟縣含山舒城廬江高淳溧水溧陽建平、州則廣德無為和陽
[redacted]府四州五縣二十四、江楚魯衛豪傑多詣轅門受約束、[redacted]請牙相應、[redacted]
[redacted]○遠○○人○○悅○○降○○迎○○○○挾○○○○○○○○不○○○
[redacted]不○○淬○[redacted]揭○○[redacted]衝入湖寬、登世明倫堂、○○○○○○○○○○青○[redacted]、

[illegible]

[illegible]遣諜帥分約[illegible]郎已留部出攘[illegible]遊擊，如其自宣[illegible]

[illegible]田西克復，收兵暨至金陵，如在掌中矣。延平不聽，自以為功在[illegible]

[illegible]而韓蘇四出，書壘為空，比帥謀以輕騎襲破前屯，延平含辛[illegible]

[illegible]壯來，此比師隨賊出戰，江全閫志[illegible]大敗。延平亦遂東渡出集，并敗京口[illegible]

[illegible]而去。公之閫敗也，亦稱大軍雖挫，未遠，遂登舟，即登舟未久，遂揚帆[illegible]

[illegible]守鎮江，欲肆屋列城，[illegible]有變志，遣人至延平，請益百艘，天下事[illegible]

回兵已而如其不然，比較千餘[illegible]下[illegible]流[illegible]偉[illegible]洛已棲，公以江楚敗闕未[illegible]

則舟道郡陽以東，數山，八月七日次銅陵，與楚師遇，兵潰，有言英霍山寨可投[illegible]

乃焚舟登陸，[illegible]七日[illegible]霍山界，縣有陽山寨，在山巔，可容[illegible]入，飛水來，故[illegible]

[illegible]恬稱，闡石至，拒之，英山有將軍寨，[illegible]韓而至，後[illegible]東溪嶺，追師[illegible]至[illegible]

率客寰公[redacted]相依，[redacted]以一僮一奚，达夫道士人上之，
公路土人為導，[redacted]变服夜行，天明而踪跡者中導脫身去，[redacted]
[redacted]踪跡者得路乃辭，然茫然不知去向，念有故人[redacted]貢業於安慶，
之高河埠，求一人導至其所，至則故人他往，而故人之友職方為廣司馬，勸其之文
導公由樅陽湖出江，溯黃盆，抵東流，[illegible]張家灘登陸，行建德祁门兩山中，公方病瘧，
力疾犯丁至休寧，買舟[illegible]陵[redacted]改而山行，自婺之東[illegible]出天台，以[redacted]
[redacted]泉深樹，叢鳴[illegible]，故亡復息，庚子，駐師林门，辛丑冬，入剡源[redacted]
[redacted]遣客羅子木至臺灣，責延平出師
所延平方與紅夷搆難，未經略中原之志，公作詩[redacted]請之，[redacted]云中原方卜鹿，
何暇問虹梁，明年滇上蒙塵，延平[redacted]師[redacted]，[redacted]復歸浙東[illegible]
島，在桑中，荒亭無居人，山南多汊港，道[illegible]其[illegible]崖[illegible]情[illegible]蛟[illegible]其
閒從者[illegible]子木[illegible]至[redacted][illegible]子[illegible]人而已[illegible]
[redacted]八[illegible]湖[illegible]独公[illegible]
[redacted]
累其妻子[redacted]獲[redacted]汉[redacted]張公之小校降[illegible]主公[illegible]以為功，与其徒數十人[redacted]

[redacted]走補陀，公故部[illegible]州至羅，入詰其僧，已執之，小校出刃以脅，羅人令
言公之嶴，殺數人而後肯言，曰：雖然，公不可得也，公畜雙猿以候動靜，嶴在十里
之外，有猿鳴木杪，公得爲備矣。小校乃以夜半出山之背，緣藤踰嶺而入，擒
中執公，并及子木、[redacted]舟子三人。七月十七日[redacted]之，十九日公至寧波，方巾葛衣，
[redacted]轎入[redacted]，觀者如堵牆，皆歎息以爲[redacted]晝錦，張帥奉酒[redacted]，公曰：遲公久
矣。公曰：父死不能葬，國亡不能救，死有餘罪，今日之事，速死而已。後數日送
至杭，[redacted]供帳[redacted]如上賓，[illegible]
[redacted]部[illegible]
[redacted][illegible]
[redacted]者[redacted]蘇[illegible]至[redacted][illegible]每日[illegible]
[redacted]九月七日，[illegible]府請公赴市，公[redacted][illegible]絕命詩，[redacted]我年適五九，[illegible]
九月七，大廈已不支，成仁萬事畢，遂遇害，[redacted]
[illegible]
萬曆庚申六月初九日，年四十五，娶董氏，子万祺，先公三日歿於鎮江，今以其從子

獨擅如傳公精於六壬，兵屯東溪嶺，占得四課空陷，方大驚而追[illegible]
辛亥，占課大凶，主有非常之变，將[illegible]辛當東寺，問[illegible]
[illegible]左[illegible]不[illegible]中，[illegible]民[illegible]可[illegible]上[illegible]
而形[illegible]人口莫測者之其[illegible]不足以[illegible]其莫[illegible]
[illegible]之心[illegible]不可[illegible]而知之[illegible]文山之指南録[illegible]
月辛未可也，文山[illegible]江遺後，[illegible]不過三[illegible]自[illegible]而下[illegible]
有[illegible]只，文山經營者，不過閩廣一隅，公提孤軍[illegible]中[illegible]
[illegible]英公父刑部堂[illegible]余家，余[illegible]其門人，至余与公[illegible]
[illegible]
[illegible]
序度[illegible]四志一[illegible]文山[illegible]祖豆其列[illegible]
西頭之[illegible]春[illegible]秋[illegible]比有[illegible]山境，南有于墓[illegible]
[illegible]比[illegible]而相[illegible]

王庐宸傳之角於五百熊石三千有里一时發言⋯⋯⋯天⋯人之知

天⋯自⋯⋯銘⋯金陽⋯⋯

張仁菴古本大學說序

崇禎甲戌間，余与江道闇、張秀初同學。道闇讀書
不求甚解，任懷得意，融然遠寄；秀初讀書，字櫛
句比，嘗見其讀三禮五傳，升降拜跪之細，青黃楚
豆之類，時日錯互，地名異同，莫不辨析秋毫，立身制
行，特然循若之範度也。当时衣李之門人共定一小
得於南屏之下，余數然良對，閒談律呂，因取餘杭竹
管，由得傳勻着斷之为十二律及四清声，欲作猗於
武塘錢子一與門薄于玨方，講此李見之推服甚至
之秦道闇、秀初俱为法門有力者，而繼羅道闇稍
間世豫，秀初自檜升座，聽講常數百人，講座所紓仁
菴侍師矣，已余見之於靈隱，再見之於靈

[illegible]法門[illegible]復理經生前說亦應[illegible]
學者[illegible]外授斷[illegible]者傳出仁菴古本大學說云是[illegible]
[illegible]標所著授予此卷分章斷句夫[illegible]豈能[illegible]
說[illegible]本尚在離合之間此說出於[illegible]
真[illegible]出此其出自仁菴也儒與釋儒釋之異者[illegible]
不[illegible]之者也夫儒釋之辨既久矣儒而不[illegible]者[illegible]
[illegible]出入於儒而學佛者亦未必醇乎於佛儒者之[illegible]
道法[illegible]然不在佛法之不能理[illegible]
[illegible]
[illegible]知於二者性分所至佛法不能[illegible]
[illegible]由知[illegible]佛法之所能比如水中鹽味[illegible]入
[illegible]論之中歷然分別唯知道者能辨之不知[illegible]
[illegible]所以之論所據益取仁菴之說[illegible]
[illegible]集與世仁菴去世今十有六年當日小樓曰

[illegible]存廬所水閣甚一存者老梧數株僅立於[illegible]
[illegible]想像舊遊爲卷山河展讀此卷神理恍若
[illegible]春之時夜半枕静水鳥驚起也始知遊仙[illegible]
於不可得者儼然契躰似廟貌耳因序而係[illegible]
[illegible]之

瘦庵徐君墓誌銘

余寄跡溪上、山水之觀、而瘦菴徐君為其子榮屋讀書、間或過之、新栽木
槿[redacted]民行[redacted]頗有野外荒涼之趣、其子耕稻与雨上乃公拜朝夕於斯、余題其
[redacted]同學、已二十年矣、不忘之[redacted]乙丑之冬、公拜從語溪來、請乞銘其父之幽石、
諱俊聲、字楷生、別号瘦庵、宋尚書徐處中之後、南渡從趙、又從海鹽至君曾祖
楓、始定居崇德、祖楨、父勲、万曆丁巳貢士、君起孤童、補博士弟子員、然精心計、
[redacted]通知當世之故、浙西白粮、民[redacted]轉運、[redacted]縣[redacted]役之不[redacted]述、時內中變、革後[redacted]、
[redacted]官、則為胥吏侍勒索、役者告赴湯火、以其相沿之久、而莫敢議、有議之者、查
司不過檢坐見行條法、[redacted]、君[redacted]判富、所[redacted]查、一一精[redacted]
入京上書天子、得旨許行、猶父忠一衷、公時為司寇、以是奇之、甲辰詔下[redacted]
自万曆十年以後、丈量久廢、民間[illegible]知其法者、君建議[redacted]畧[illegible]、[redacted]

主一號之田，都總主一都之號，縣總主一縣之號，似會業主與立號者
號長，覆其不實者，上之都總，又覆之上之縣總，可以不
矣。縣行其議，而輿論稱平。夫
儒者類以錢穀非所當知，徒以文字華藻給口耳之用，
知之詞，一旦更之為區畫，胥吏操
如而又拘其上下，起謬，可以施其乾没之智，猛虎在山，藜藿為之不採。
如，則天下無不知之矣。君喜急人之難，蓋其才力
使傳如，根柢則天下無不知之矣。
有餘，溢而為此。嘗曰：使吾不逢喪亂，
兩內寧止是哉。雖然，今之所謂讀書者，豈君之所敢望哉。
淡泊。婦君二十餘年，未嘗一服華綺。先君卒，越田氏後君卒，君年六十四，卒於康熙壬子十一

月一日，[illegible]子男來復、執珏，皆諸生，早卒；韓煟，諸生；韓紳，[illegible]；壻李湘、王[illegible]
尹。諸生陳時宜、孫朔、謝明、謝明書、明孝、孫明禮、明[illegible]、明數、明支。孫女三人，[illegible]
四。
[illegible]珠在淵而水媚。玉在山而石潤。君子之在鄉。蓋居於以利民。[illegible]耶相[illegible]。
而以利其後亂。
嘗讀黃文獻公集，有餘杭徐天全者，經理流行，泰青以爲論，曰不實、役不均之
弊，累數十言，列郡而行之，一如其言。復以漕事至京師，詣部堂，[illegible]書數百言，肆
陳漕運之弊，事更[illegible]張者十事，執政得書，擇行者用其七。何[illegible][illegible][illegible][illegible]
知也。且不能御此而詔之，故又嘗畫以點一奇也。

時禋謝君墓誌銘

[illegible]賢杜伯京、谷耆[illegible]、所託二十九人、峚峪歷者、或上書、或浮海、或伏劍沉淵、[illegible]

[illegible]女身一日不自容於[illegible]其間、以常情測之、非有所[illegible]、[illegible]是有奇[illegible]

[illegible]不知蓀坤之正氣、然而內激不可屈撓、[illegible]大[illegible]極[illegible]之[illegible]遇、[illegible]而發[illegible]附[illegible]

[illegible]四激[illegible]而傷[illegible]止、極出之[illegible]以[illegible]如[illegible]之[illegible]、以君[illegible]

[illegible]女[illegible]之如性民不[illegible]覓[illegible]吾於時禋謝君而窺有概、[illegible]

[illegible]

[illegible]

[illegible]其時禋其客[illegible]謝氏系出平江[illegible]建炎二年割汝邑全家於定海[illegible]

杜大[illegible]曾祖[illegible]曾贈參政、[illegible]四川按察使、祖[illegible]

[illegible]問稍號鋒起，足不敢戶[illegible]彼[illegible]者。寄外聞人聲，輙以為[illegible]

[illegible]一卷頃，而洗沐也已。君知天下將亂，又少從接祭，与平水[illegible]

[illegible]注[illegible]時扶弓矢出東郊，与材官[illegible]

[illegible]者，於[illegible]遠之，乙酉之亂，東平潰，師航海，[illegible]閩[illegible]

[illegible]納[illegible]浙河不守，翻然放歸，吾入潰，從離也家，有[illegible]

室，有子汝之哀，而君門宗三百餘口，盡脫虎狼，木主亦卒[illegible]其倉卒[illegible]

[illegible]書一卷，秘不示人，曰：持此以遇圣主，伊呂事業不難致也。故[illegible]

[illegible]代[illegible]巾帽[illegible]於庭，一日不知所[illegible]，曰：見書，亦[illegible]

[illegible]吾志，爰人跡之於天童山，鉄生[illegible]中，乙翦髮為頭陀，從此跡不[illegible]

[illegible]夜宿脚走數十里，僵卧冰上，或棄其所著書，掛於項，登深崖絕巘，[illegible]

[illegible]戶，跣，左山谷，採烏啄生嘆之，如是者四五年，[illegible]形容一旦之間於天[illegible]

[illegible]庚寅八月初六日，踰海而[illegible]，長兄[illegible]行事，傾覆，谷書中所載皇甫東[illegible]

雷東小舟，掛布帆，載琴樽書籍釣具，往來江湖，壬子丙子，僑北[illegible]

[illegible]四明人[illegible]山川[illegible]嵒[illegible]有[illegible]於大[illegible]

[illegible]之[illegible]楚[illegible]結[illegible]相之[illegible]

[illegible]而[illegible]至者[illegible]而[illegible]

東海而死，[illegible]人[illegible]和[illegible]

[illegible]常[illegible]而[illegible]知，要許之，[illegible]尚書文介公三省，文[illegible]

[illegible]文勅封孺人，君贈監察御史，子曰[illegible]曰前昌，皆諸生，同光昌[illegible]

[illegible]御史，壻曰[illegible]良曰范光[illegible]曰王[illegible]壬戌[illegible]

[illegible]君卒後之[illegible]

[illegible]文陳介眉為請銘，余不能辭[illegible]

[illegible]老二君偶夜出，見二丑鬼於道，叱之而滅，郊外墟墓間，尋大哭，入夜行[illegible]

[illegible]時之名者，君戲與交[illegible]，獨[illegible]往熱睡至晚，[illegible]如也，[illegible]之人[illegible]且[illegible]之矣

[illegible]得侍閣下，論文[illegible]，不異布衣，不[illegible]而[illegible]，[illegible]不[illegible]久矣，何幸身當其盛也。

今聖主特召入[illegible]，擢參密勿，古今儒者遭遇之隆，蓋未有若[illegible]之[illegible]不偶世[illegible]

[illegible]千年在世，於今見之。朝野[illegible]相賀，拭目以觀太平，非尋常宣麻[illegible]

[illegible]事論士，薛河東之儒，不能爭于忠憲之事，[illegible]矣。民望許平仲亦不能大有[illegible]

[illegible]振孫後進，不由孝堂手段。[illegible]閣下且[illegible]為之主，試一[illegible]萊公之列，[illegible]而清主以王

[illegible]正之典，和韓魏公之[illegible]，[illegible]古以來收儒者之效，非閣下而誰與？[illegible]

相之所難蓋有三：時之主，蓋[illegible]之心也。方今[illegible]，[illegible]海內外[illegible]

[illegible]上[illegible]。敘見在之定，原上來之言，[illegible]孝士大夫皆以[illegible]之上[illegible]

[illegible]最難得者也，[illegible]終入，[illegible]位遂顯矣，不[illegible]明哲[illegible]

[illegible]而[illegible]，[illegible]而[illegible]。目下[illegible]

[illegible]不加於此矣。[illegible]

探梅[illegible]奏會茂俊，已易其風，顧田偉於[illegible]知其出自至[illegible]
[illegible]審郵，賜與楊維祥，祖室內音，業承數子，而之口[illegible]
[illegible]咸自十餘年他人信之也。今閣下有其信矣。[illegible]三者，閣下果而[illegible]
[illegible]出不足以言致治，何治不然？然其要以收拾人才為主。[illegible]天下不
[illegible]忠義與起之者，然其人在上，則為[illegible]宏定
其人隱於下，則老先於文章而已。古來唯范仲淹能興之於上，以至慶曆之治；
其學興之於下，無得於教育時之數者也。閣下以真儒實學，當上而教揚之，
由故世之風氣，特待范之興起者哉。公老先生宿儒，空陳一介之知，不足以窺
[illegible]出其所施之於說，故不能禁其，別有二事，屬公一言，亦不[illegible]
[illegible]兩兒去冬告成，未二閣下賜題，以垂永久。又小孫[illegible]有文華[illegible]
不審閣下一扎致[illegible]名案末。頗[illegible]相待甚厚，[illegible]指之情，[illegible]
[illegible]

宋元集目尚未抄完，然亦不過旬日，即當送上。已只是未曾核對，及留在處[illegible]

不如何時得以寫目，弟初意欲分春秋記各條，以類編纂，既而思[illegible]

[illegible]集中天文、兵[illegible]只把一集存其大概，使其人不至泛濫，[illegible]

劉君文起居處之累，又未曾見之集極多，後來見之又強於檢上，亦不易[illegible]

人自為一集，不論多少，須見陳選，總名之曰宋集、元集略。 先生以為然否[illegible]

弟家上亦有百餘集，亦一一抄出，以請正。已列女已竟，但未結局，至五集[illegible]

[illegible]上。 曾秋岳使君相別一月，所分纂急人，然不可把坑如此，聞其底書盡歸[illegible]

[illegible]亦是可喜一事。弟雖老病，尚當少安一讀耳。弟刻下數[illegible]

先生於諸門生必積助一貫，以聊爾言之，不可然[illegible]

朱[illegible]孫[illegible]謝

萬祖繩七十壽序

頃一[illegible]京師[illegible]吾黨以[illegible]消太宗師文章之濟藝也。[illegible]

一老生之言，何足為重輕，豈以其人故歟。壬申之冬，余始交丈虎

安兩先生。是時祖繩年十六，讀書丑皐，蓋所謂翠竹碧梧鸞鵠停

[illegible]也。從錢忠介秀制文，於為高第，于時[illegible]氣習，不用力古作，而更[illegible]

於時文，不訂經史，本領而求故事於時文。祖繩求理於太全，求法於大[illegible]

本。當時奉之者，先[illegible]之；更衣亂[illegible]，纔此志不衰，旗鼓[illegible]

[illegible]戶外[illegible]然而壁，讀更万卷，無一字用，乃[illegible]

吾鄉先生，參老氏法久之，[illegible]有得[illegible]

[illegible]風會悟真之有風，又一時之今子真一，聘入史館，[illegible]綸一代

[illegible]老，出入廊廟，而貞一介不讀書，董其事，天下皆知有萬氏之[illegible]
[illegible]深集，書隱處時所稱，天下之選，飲酒賦詩，視之如在天上人，[illegible]
[illegible]今日祖繩即其時之蓉峯處士，為人豈知[illegible]
何為是異，且以源數一，後來之秀，不更一人，萬氏之門，丈章風教，為衣冠領袖[illegible]
一時也。祖繩亦已七十年矣，變遷迴是，不過俯仰，而所歷盛衰，真如此，今去言[illegible]
甚老，堂余所選文集，祖繩抄之，寺身，余燈中墜落，[illegible]祖繩抄之，祖繩之[illegible]
甚不同，而歷為流變，[illegible]詩書之澤，方長而未艾也。

[illegible]

贈編修弁玉吳君墓誌銘

者之學，經緯天地，而後世乃以語錄為究竟，僅附答問一二條於伊洛

門下，便廁儒者之列，假其名以欺世；治財賦者則目為聚斂，開閫扞邊者則目為粗材，

[illegible]作文者則目為玩物喪志，留心政事者則目為俗吏，徒以生民立極，天

地立心，萬世開太平之闊論鈐束天下，一旦有大夫之憂，當報國之日，則蒙然張口，如坐雲霧，世道

以是潦倒泥腐，遂使尚論者以為立功建業別是法門，而非儒者之所與也。

吳君為之三嘆，若講學宗[illegible]，弁玉其[illegible]有宣[illegible]宋[illegible]濩，世居杭之[illegible]

後從石門，曾祖[illegible]，祖[illegible]嘉靖[illegible]，父[illegible]君[illegible]

[illegible]日覽不言，未嘗再讀，[illegible]

[illegible]同孝、[illegible]選時文一首數十篇，即便有[illegible]以[illegible]勝負，[illegible]記不能[illegible]

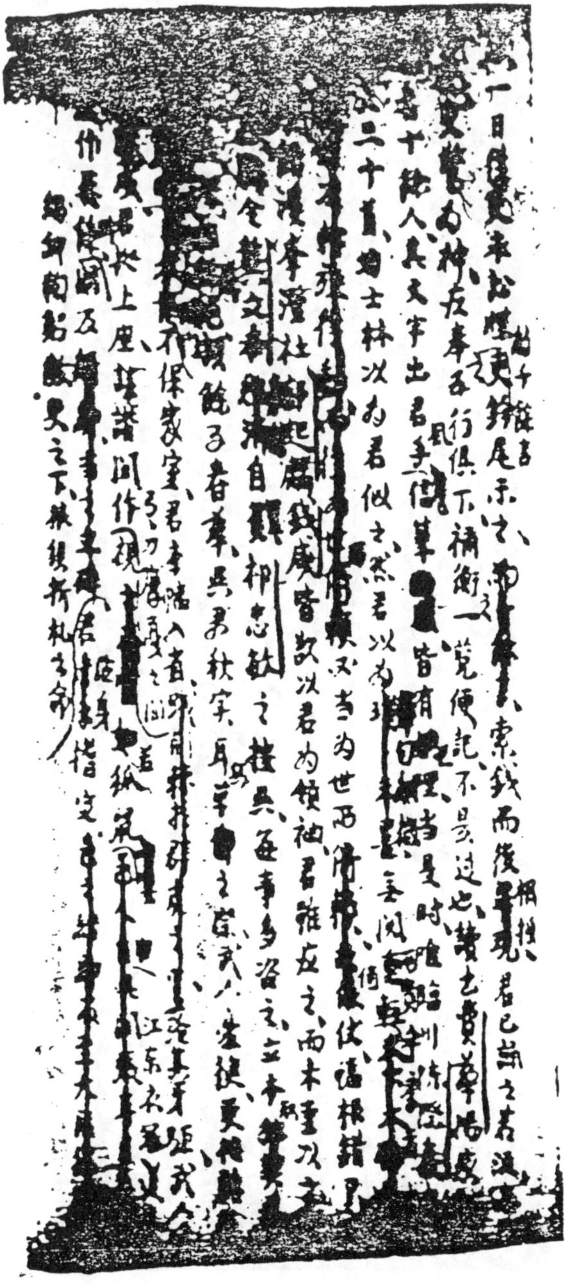

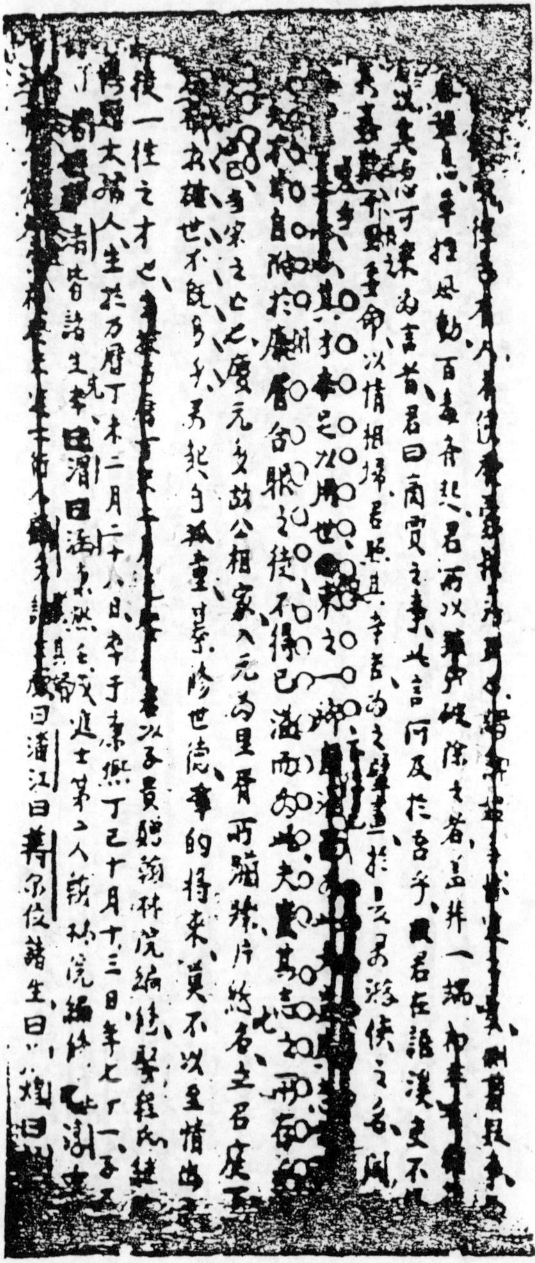
[illegible]
[illegible]手握兵動百萬奔北、君所以[illegible]收除之者、孟井一揚[illegible]
[illegible]可諫為言者、君曰商賈之事、此言何及於吾乎、[illegible]君在語漢吏不[illegible]
[illegible]命、以情相歸、君貶且、季者為之肆書、於是君游俠之名、聞[illegible]
[illegible]
[illegible]自附於[illegible]合縱之徒、不得已溢而為之也、夫[illegible]
[illegible]當宋之亡也、慶元多故公相家入元為里胥而貓狀、序於名之后庚至[illegible]
[illegible]世不既多矣、君北自孤童、[illegible]世德、[illegible]的將來、莫不以至情出之[illegible]
[illegible]一往之才也、[illegible]以子貴贈翰林院編修、[illegible]
[illegible]太湖人、生於万曆丁未二月二十八日、卒于康熙丁巳十月十三日、年七十一、[illegible]
[illegible]者諸生、[illegible]渭、[illegible]、壬戌進士第二人、欽賜翰林院編修、[illegible]
[illegible]曰潘江、曰[illegible]、爾俊、諸生、曰[illegible]

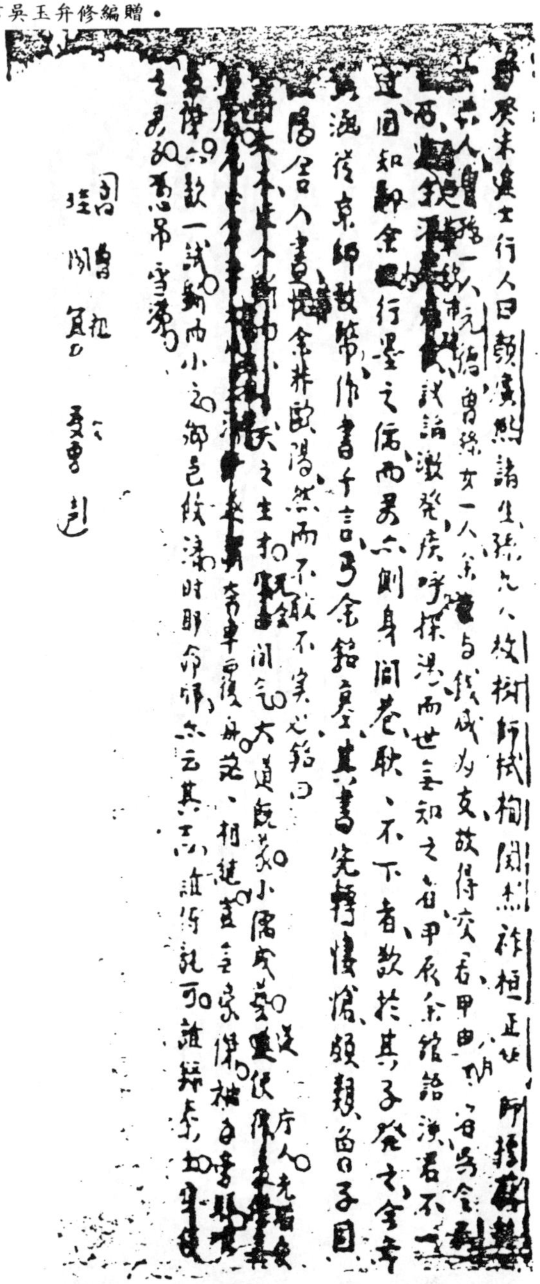

[illegible]閔君墓誌銘

[illegible]且吾交閔紫淵，閔氏湖州華族，而紫淵清苦自持，無復膏粱[illegible]
[illegible]本娘錄其特立獨出，不繫於宗門[illegible]別之七八年，紫淵徒東[illegible]
[illegible]書，以其父墓上之銘來請，讀其行略，而後知其孝之有本也。[illegible]
[illegible]天殿[illegible]叢，原名正[illegible]，其先自[illegible]遷[illegible]而後，宗[illegible]州之[illegible]里，徂[illegible]而尚[illegible]
[illegible]杜，則贈安天府通判；祖宜力，贈南昌知縣；父曾太孝生。君卓犖不群，[illegible]
[illegible]出於外，不屑[illegible]兼賢之孝[illegible]京張溥合四方之士為復社，[illegible]部谷[illegible]
[illegible]覓材[illegible]州[illegible]郎清曾紘[illegible]中州[illegible]以君自[illegible]
[illegible]招[illegible]長以[illegible]其文氣[illegible]與解類者能奮渭一八耳，[illegible]
[illegible]歷於楚，挾行卷來謁君，謂曾紘曰：此奇才也，不可使之入太學，[illegible]
[illegible]若其釜則如此。乙酉之亂，群盜滿山，勢如潰魚，而不敢過君之[illegible]
[illegible]鄉人來君[illegible]盜，聞之曰：昔黃巾不犯孫期里陌，吾獨不然乎。[illegible]

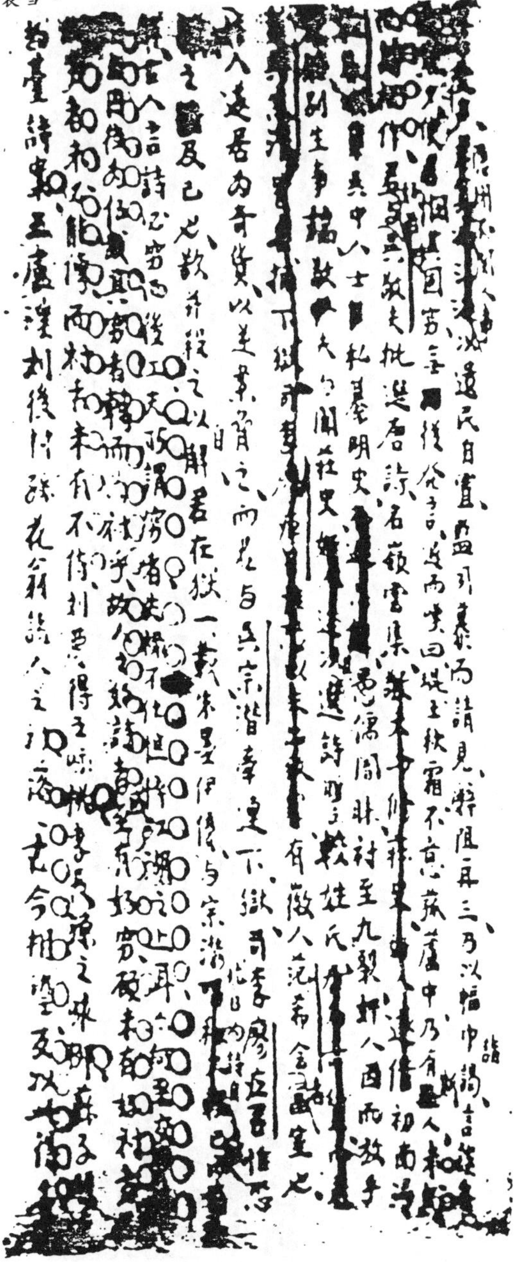
[illegible]州[illegible]沈遺民自畫、盡引罪而請見、將阻再三、乃以幅巾謁、言[illegible]
[illegible]國房舍[illegible]後發言、近而来曰、魏王秋霜不忘、蘇蘆中乃有[illegible]人[illegible]
[illegible]敗夫批退居、許名嶺雲集、[illegible]送信初南渡
[illegible]中八士[illegible]私墓明史、[illegible]惡儒間非、村至九製、折八四而教子
[illegible]生事[illegible]敗[illegible]闕莊史[illegible]遺詩[illegible]雄氏[illegible]
[illegible]有徵人沈希金[illegible]室之
[illegible]入遠居內奇貨、以是業賓之、而其與兵宗皆牽連下獄、司李廖[illegible]
[illegible]之[illegible]及已也、數年殺之、以脫。君在獄一歲、朱[illegible]伊[illegible]與宗[illegible]
[illegible]

[illegible]妙而國中之[illegible]於妙神采，康熙庚申二月十七日，病[illegible]
女聞之，腕中清明矣，張目微笑曰：方寸豈可使亂離生活也。又張目環視[illegible]
居[illegible]戶牖，仰視霄漢，而卒。距生萬曆丁酉十一月二十六日，年八十四。所著有[illegible]
亦善丹衣吟詩稿并楚辭文若干卷，藏於家。堅依之，楚辭氏子曰夢湖居[illegible]
[illegible]卿李人曰夢蓮，曰夢溪，曰夢祿，曰惜庵，曰熙陵，曰晃揚致，曰篤望，曰如腕，曰[illegible]
四[illegible]銘曰：
銘之而司馬遷活八無限界之下，死於獄底，其亦天之所眷哉。

[redacted][illegible]朱康流先生墓誌銘

[redacted][illegible]之季，如武庫無所不備，而尤[illegible]於易曆，三統易卦與二十八宿二千

百四十四，以推時[illegible]配之六分日捷法無不脗合，[redacted]詩

易為秋[illegible]內文象，[redacted]也，蒙[illegible]而下，兩濟而上，二千一百二十五

年之治亂擬諸形容，其[illegible]與天下通，其變[illegible]近此，前後[illegible]

[illegible]

[illegible]許以聲擇，專通精數文公[illegible]之老友古人[illegible]

[illegible]澹[illegible]先生博綜六藝，各有論著，其言象數不主邵子之說，別為先天後天

八卦圖[illegible]

[illegible]

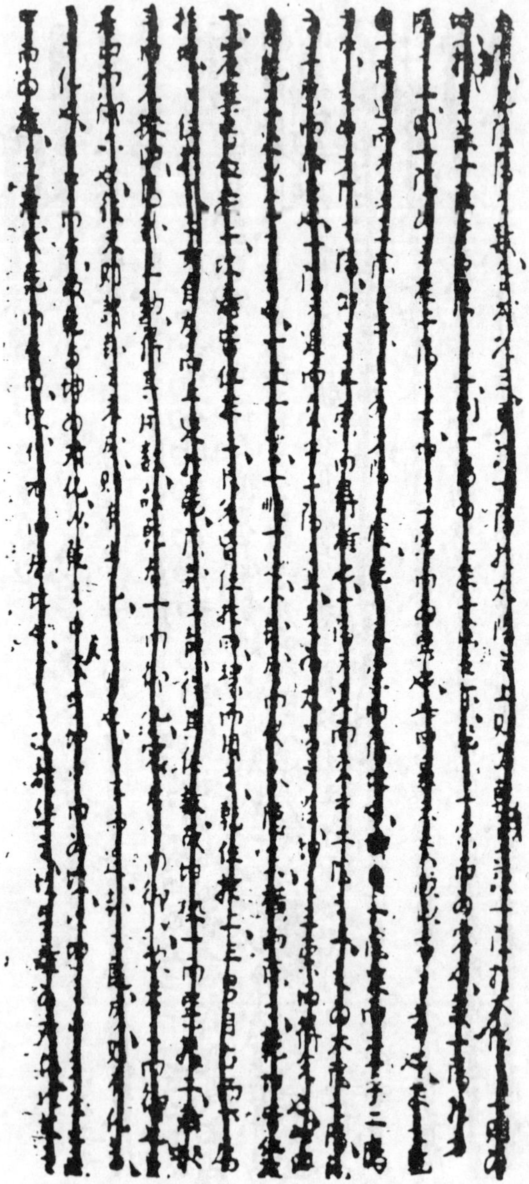

以為觸類之言昌言，詳於所未而不詳於所未言者，著見之未嘗變者大抵也。時
相適交通以會通，不察其通變則微彰剛柔有拘墟之患，不如其會通則屈伸往
來有蹊岐之途。兼諸物而格之，不能身而體之，究其大要，不越乎初數精義二者而已。其言
小序亡詩六篇僅存首句，則亡字句作於未亡之前，其下作於既亡之後，明矣。子由據取
初辭，頗為得之。又謂鄭詩不得謂不淫，則亦不淫也。[redacted]說正則亦正詞
淫則亦淫。并相雜之物，又謂風雅有賦比興，用詩亦有賦比興。射以天子以賜臣為尸，本
宜假也。諸侯以理首尸，主二也。其旨事也功，其取文也直，如作詩者之賊，此是也。於

矣以宋繇為不棄淪落也、士以采聲為見棄不失職也、以婦女之事喻士大夫、非比也、以蘇蔡
盡葉之菜、陸宮錦套之答、感大夫士所信之詩、非與乎、雜古文尚書之弊、如清伏生
爰易如是與、毋譏洪水范蓋哉、何嘗不文從字順、至於其豐潔樸牧、皆文章之所同當
濡其風格漫雅、篠之二十五篇之中、蓋以輯其、為今文為古文之證、春秋圖之略、尤不
甲僅邵子曼不觀、大日食之先時後時可知矣、詞[redacted]樂為韶調以此始者、而以此為首
乃何声、即為何調、先生嘗言、如是則宮調之中、角多於宮、可得仍為宮、商調之中、宮
多於商、可得仍為角乎、羨調亡魯韵也、古人雖深不為繁聲、復謂大抵一句之終、只其
音以永之而已、先生記抑言諸家如此、不盡同於樂、、嘗謂先生曰、康通
沈師淵然、兩目經史、兩兒一方、為聞彈精三數年、雖義決國與、答皆取其宮中信
加案八之室、于乳自衛歸先生記歟、椿都迎三十年、而以鄉萬兩重、知其
生農釗填字義之、姪來此、康流其別號心枕又號笠庵、為吾之花園里人、曾祖侍御
某祖母、父光初、母者一孫人、成宗校貢甄進士第、知雄德縣、斯年而以外艱歸

遺者甚、遂不復仕、門戶困絕、素功業號、先生屈其經世之策、以克吾八口、[redacted]
逍然不見[illegible]之色、[illegible]著書[illegible]述[illegible]金陵、草[redacted]行世、子經、吾既文集[redacted]
藏於家、生於某年乙巳九月、卒於某年庚戌三月、年六十有六、[redacted]以弟之子
毓思為後、女二人、壹適沈研周、婿其滑也、孫二人、[illegible]協紀、孫女二人、將葬於
[illegible]之原、毓思介吾友陳永修求誌其墓、余[illegible]丙午[illegible]同永修請先生於
家、斯族撤夜[redacted]盡發所註五經讀之、[redacted]出入諸家、如現王
金之[illegible]和[illegible]全[illegible]大亂、[illegible]金陵[redacted][illegible]入[illegible]中、詩[illegible]論[illegible]、[illegible]而[illegible]二[illegible]耶、解年
[redacted]以吾經學記首卷見寄、於[redacted]無數年、數以一得之愚[redacted]、而[illegible]
可作矣、十年之後、固不朽也、銘曰、
[illegible]
[illegible]
[redacted][illegible]

明知一百年濟集破荒而出象數理之全歸於

室年乃前辈洗心御偶乃死淳氣之知年不得其御前程知

自廿一歲

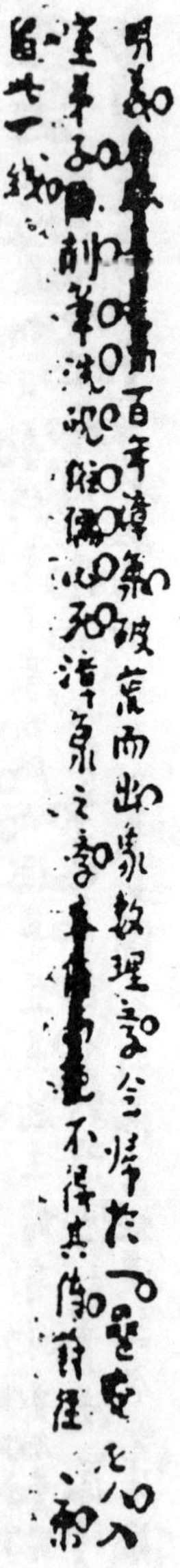

陳乾初先生墓誌銘

氣昌陳乾初先生卒，其子翼以行狀事實次余，余與先生同門友也，予誌其幽。…嗟夫

[redacted]蕺山諸生，[redacted]，今日凋落殆盡，浙西猶有先生與…

剔抉而出之，又得一个，而余方有殄悴之嘆，何敢辭。先生諱確，字乾初，初名道永

字非玄，陳氏為[redacted]浙西望族，曾叔鳴皋，祖理川，父充康，皆甘其素，世業儒

[redacted]兄弟四人，先生其季也，伯仲季本業，即能述其流輩，已與叔同試於學使者，伯

高季文優於叔，先生不屑業舉，叔錄而先生不與，先生益悅甚，文見往之，先生

亦甚不欲弟先兄，聞之…情慮為率。學使賞識之，[redacted]弟子員，許乎遠，又高其

之奧。崇禎庚，郡守雪濤過以國士，一時聲名藉甚，而先生會然不欲以結…

郡守知[redacted]黃，欲有所贈，還，累問以事，先生輒對曰：吾…

知如陽崇禎末，吏竊不歸，篡盜昌邑，横甚，莫之敢指，先生告於官曰：吾邑

士人何罪而使一人横行於上，所…含…集合數百人，走訴行御史台，論者不

臨安東莊先生以國上、同舍生翻、不退、皆更始敗、論者以是比之羅九之東、

甲申占張錢塘江、受業蕺山夫子之門、[illegible]心力行、以求實得、[redacted]淺、

[redacted]知[illegible]業日意氣用事、[redacted]降、久歸平賤、家庭鄉黨之間、[illegible]

[illegible]事夫[illegible]之日淺而[illegible]搞[illegible]門[illegible]高第、[redacted][illegible]晚得[illegible]不[illegible]

繼承者十五年、先生天才絕出、書法篆刻聲既詞、策彈棋、[redacted]歷財樣

技[redacted]經年便如風習、居表書著經百卷、[redacted]備[redacted]晉唐[redacted]竹草[illegible]

[redacted]取出刀削之[illegible]以變[illegible]之[illegible]其[illegible]不屑唐以下、突兀過之寒[illegible]

古剎之[redacted]不顧今世[illegible]其[illegible]兩[illegible]不合於心[illegible]

[illegible]

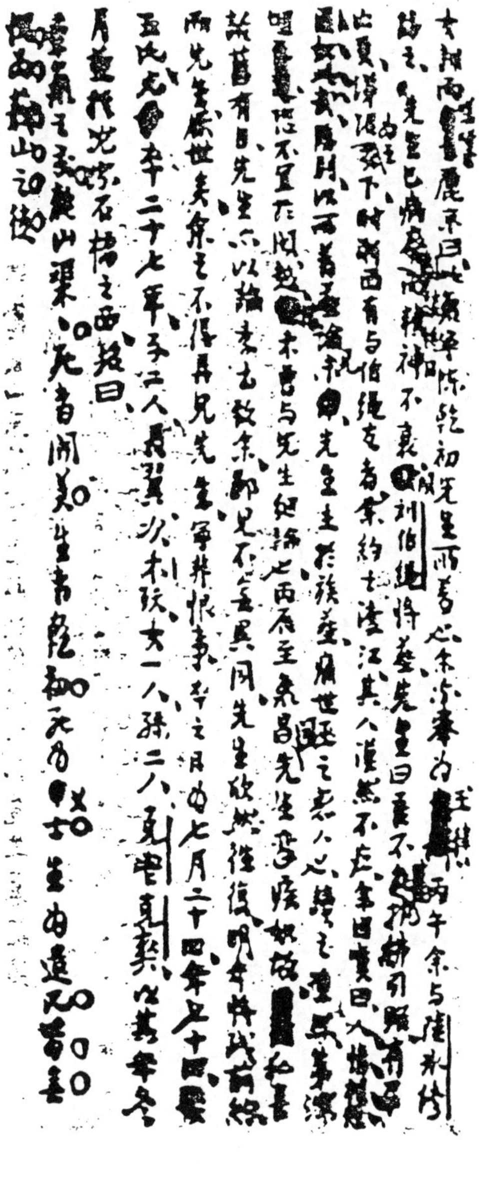
去猶西[illegible]慶來曰：[illegible]陳乾初先生所著，余亦奉為[illegible]。丙午余與[illegible]
論之。先生已病，[illegible]精神不衰，[illegible]劉伯繩將墓先生曰：吾不[illegible]
亡夏，[illegible]下時，我西有與伯繩交者，余約之渡江，其人復然不應，余曰：[illegible]
[illegible]，[illegible]明以可善論，[illegible]先生主於族葬，痛世[illegible]之惑人之[illegible]，[illegible]其事[illegible]
嗟[illegible]，言不足存聞，[illegible]未書與先生規論七兩不至，余昌先生學[illegible]
新舊有日，先生亦以論表志致余，即見不合，其同先生欣然從後，明年共識前總
而先生歿世矣，余之不得再見先生，爭并恨事。卒之日為七月二十四日，年七十四
五氏先[illegible]卒二十七年。子二人：長翼，次敕，女一人，孫二人[illegible]以某年冬
月葬於先[illegible]石揚之西。銘曰：
嗟[illegible]之[illegible]山[illegible]，曰先生有聞知，生書乾初不有[illegible]，生由進[illegible]
[illegible]山[illegible]

髻山宋先生文集序

[illegible]

髻山先生早年上十疏五，[illegible]，自[illegible]其生平出處，在江右者謂之流離不能存者，蓋在崇禎以後，讀之憮言，蔽不自振，其言也，痛中而悲於[illegible]之代，時時如唐時風雅，其山序云。余讀先生以豪公去，由而去誠天下，宮後度錄在之時，根本崇揚，[illegible]，不以風騷相與，凡上[illegible]，根本[illegible]，[illegible]江右尚主人，流離世故，[illegible]，[illegible]，[illegible]南京，[illegible]不為一[illegible]，[illegible]去，[illegible]看風，[illegible]，[illegible]，[illegible]在[illegible]，[illegible]館荒庭，孫[illegible]人無敢干以私者，[illegible]之不聞，先生主白鹿洞事，招徠諸[illegible]，士子屏乾前集，[illegible]匡廬，[illegible]匡廬[illegible]之林，勸以有實論者，謂自有山[illegible]以[illegible]，[illegible]有匡廬，為天下名勝，粵紀事乃山志之傑作，後[illegible]名[illegible][illegible]，[illegible]

[illegible]言吾先生不□一時歡忭，近較以倚[illegible]廣信閩粵七仙山[illegible]
[illegible]以村橋[illegible]山林陰[illegible]江浙之界[illegible]以
[illegible]源[illegible]鏡，名勝亮亦不足以盡其[illegible]一，自主[illegible]於[illegible]
[illegible]偕坐天[illegible]湖口對石鍾[illegible]彭澤則四吳[illegible]於[illegible]
[illegible]隱然忘塵一杯[illegible]分[illegible]則[illegible]鉛山則鵝湖[illegible]
[illegible]宜從[illegible]而李[illegible]關[illegible]先[illegible]
[illegible]萬[illegible]而[illegible]不[illegible]
[illegible]食貨如[illegible]而見一天之[illegible]間一[illegible]之[illegible]
[illegible]之[illegible]尺[illegible]皆[illegible]有史，發一[illegible]思[illegible]視念[illegible]
[illegible]匡廬山中[illegible]不[illegible]
[illegible]而[illegible]至[illegible]

啟禎[illegible]中葉以來，使行九邊，其[illegible]

者。陳大士之子以遭羅黨獄，先生倒[illegible]

曰：新橋岳生立碑其處，過者為昂首[illegible]杜門[illegible]

託先生以後事。先生白余，使之忘諸縱橫，余亦因之感慟[illegible]

[illegible]會之所謂名士者[illegible]

雖[illegible]相識[illegible]名[illegible]謂交友於其[illegible]

[illegible]不論[illegible]

[illegible]

[illegible]耳。

胡子藏院本序

詩餘而為詞、詞餘而為曲、作曲易於詞、易於詩、然其間各有本色、[illegible]
有從見為詩者、有識之[illegible]媚、為[illegible]詞者、侵曲之韻、能[illegible]不可[illegible]
[illegible]之而[illegible]翦裁、原余非為葉以嗣先生工於填詞、寓言語、要緊處不可[illegible]
一[illegible]提過俗、如家常語、驚醒若於此一處、纏打掇、便涉分疏處、說作[illegible]
方[illegible]正不入老眼[illegible]散白与整齊不同、尤宜俗、宜真、不可[illegible]
文字与[illegible]程一樣、故事反覆多補少作、整則錦襴灯花、玉鏤刀足、[illegible]
[illegible]一毫明快、不知竟在何處矣、正
[illegible]又[illegible][illegible]八[illegible]是也、
[illegible]淺淡不同、要為元
人之衣鉢、[illegible]張伯起、梅禹金、終[illegible]
外吳郡馮[illegible]伯[illegible]梁[illegible]
法眼藏似在[illegible]
[illegible]曰七衆[illegible]大鐵[illegible]之[illegible]、李漁之寒[illegible]、全以閑[illegible]折[illegible]
[illegible]不足觀矣、子藏院本在濃与淡之間、若入詞品、如風烟花柳、真是[illegible]
[illegible]亦復無人道[illegible]意、可笑[illegible]以稱頸為郎頭、謂教坊家有色有[illegible]
郎頭、是有色也、以之[illegible]商伯清池又何論哉、

萬偉振青六十序

往余遊東浙之左甬上有萬履安首攻宦出大手見不其一振青者

能詩能書者也始庚寅辛卯間有所刻八家詩選出而振青古詩

與僅挽振青亦選與履安諸余於黃竹浦[illegible]

[illegible]時余四方之交遊存息其所次留

參者錄者甬上也已而振青移居鄞外間與遊青會余至甬

多不相值近年來振青始遷[illegible]居相與話舊而影讓髮蒼白已[illegible]

既然當時社會時吾輩翹然各有聲名之志出處公卿哉豈[illegible]

不啻入唐人小品之尺度[illegible]直置天子赫然震動問[illegible]

之遠矯首顧遺赤循程奧竅之藴癡亦不禁真撫劑之恢蔥當

此拊哭弔而至峡鳥飛來[illegible]函得後曰大章乾象本當

看為莫邑也今[illegible]英老嗟乎[illegible]短之長既無關於經世展之者

之能上[illegible]之[illegible]而的之[illegible]乾然尚欲計籌白世[illegible]

諸說化之人物奇和50書蔡並務[illegible]

然与稀動聽[illegible]而飲下[illegible]

言奈身世之故有不堪回首者矣然而不可不兼及乎

猿之去一時層處名者何限往之而天之所忌[illegible]人之西

維文之一致存壽袁黎而其間懷慨於壽全之存壽已盡平從

臣爲[redacted]寄姓名於詩曰退筆[illegible]

[redacted]者年一行請復及殿一劍[redacted]鐘石變聲、雖不能次[illegible]

之源自[illegible]、請尸甲子、依齋易卦[redacted]寶元不平之聲鬱巳[illegible]

飢火長而鑄[illegible]之悲也者、唯恐人之常聽也、其顏色之[illegible]

於人之常屬之路、窮字[redacted]守其顯晦之面目者

後[illegible]數人推其始而名士、繼而遺民、今僅與而世之老故人甚[illegible]

於考[illegible]爲其存聞後世者也、參子言放於能太高遠於近[illegible]

而存者吝而寄挽歌、今之世爲得以淪沉陸氣不出人之所[illegible]

寧証辞卒歸雖然、據書之見於世變巳熟矣、害於義理巳[illegible]

[illegible]眉[illegible]間以寄其胸中之所独得，破巻出而視示吾[illegible]

若[illegible]之誼，余不足与於斯事乎，余嘗有詩寄沈眉生云[illegible]

未本可去也，交從亂後不多人，余之所致望於徐青者矣[illegible]

僧是同之

諸碩庵六十壽序

嘉隆以前之士主通經學古者其於科試之經義皆能[illegible]
古人之而時雅[illegible]言與論章同變而益[illegible]
[illegible]主於古限而[illegible]三福開其屄氣悠爾人之六眞不[illegible]
之交接談[illegible]時文亂體掎虔[illegible]
而中[illegible]士大夫超遥乎之上下其議論鄉邑之守
也有[illegible]知者[illegible]而不可互問有所謂晨者林[illegible]
之淡[illegible]則諸碩庵諸九徵[illegible]間聞[illegible]
之入[illegible]碩庵九徵同結里中諸子俱務[illegible]
[illegible]碩庵者如此甲申無[illegible]

余家吳山，偶知下榻，晨趨下講，抱[illegible]詩，啟陳子[illegible]何思豈知一時之感，以夢語耶。[illegible]後二年，[illegible]已余僭薦入王仲鉤有事於臨山，碩庵為具[illegible]好事者[illegible]東林點將錄[illegible]今余與碩庵皆不能免，益碩庵負氣而多智，[illegible]急於輸，不能和衷，時一發之[illegible][illegible]三十年來碩庵倔強自衛，閉戶與所[illegible][illegible]世人所不諒其所恃者，嗟乎，天生才，以[illegible]世[illegible]行，王霸並用，亦惟視時之所好者而後應之[illegible] [redacted]豈知總在旁觀[redacted]無有足數也[illegible]

古躬而架漏牽補乎天地者，天非其中權衡之人[illegible]

天壤之[redacted]擇[redacted]另有主之故說[redacted]然，即任當時[illegible]

[redacted]標榜氣習，至為經世[redacted]節今日西[illegible]

遊[redacted]然豈可復得[redacted]說者不可責人世用不用[illegible]

也。臣所言有以用而[redacted]其本者矣，和[redacted]有以不用其[illegible]

也。若即[illegible]自劃西戲敗淩[illegible]而來其[redacted]長百以[illegible]

然鄉[illegible][redacted]者，許其有耳，不敢受[illegible]劃西之[illegible]

為去臣額屢乘民之[redacted]以田丁[redacted]屢之陷於[illegible]

[illegible]臣吳流于汝犯淵餅民累歎，請但為事勿許[redacted]

稱艷舒民遂以佃湖之利進奏邑開[redacted]阡陌啟田疇積之

諸碩庵鋤[redacted]力督役舒民至今不得志以去碩庵[illegible]

於世事隔塗議旋踐及于人則皆有儆者之事[illegible]

其有以當何如耶癸丑七月八日爲碩庵六十誕辰[illegible]

字口八[redacted]編下字[redacted]篇秦之書一庚之評書倉惡

自識宗邑近有著編庶幾可以概然於才不才之稱矣

山東按督李政副使清溪錢先生墓誌銘

明道泛濫諸家出入於老釋者幾十年而後返求諸六經考亭 [illegible]

老之學亦必究其得失訂其是非自來道學之士未有不然者 [illegible]

[illegible]

[illegible]

宗稜 [illegible] 士大夫之言學者南康大多以宗門爲入 [illegible]

劉界共可傳錢清溪其尤也 [illegible] 以門戶爲剛常人物 [illegible] 白 [illegible]

性不廷清溪未見其五 [illegible] 其和道之心即一之精後先生耳

先生諱啟忠字沃心錢氏爲鄞中望族爲伯劓而下五世爲君齋肖遠著實守臨江生王

子 [illegible] 人 [illegible] 事樹忠 [illegible] 子長爲先生次 [illegible] 先生舉萬曆

戊午進士第時承建庵之後天下書院皆經拆毀先生上書 [illegible] 臣見甚 [illegible]

五忠之子下有
嘉無二字

若考[illegible]如不及

無夫人二字

過於天下，既見夫子，[redacted]人[illegible]斯孔孟孝[illegible]一大[illegible]之三尺童子，猶知笑之，
而中朝講明道學，相效尤者，正以鳴達于千日，理學不明，不識[illegible]為何物，但
知有身家，不知有君父，但知迎合流俗，不知反顧良心，詐而道術[redacted]
而治術隳矣。是故宋朝書院，相為[illegible]勝者也，[redacted]先將已毀書院[redacted]
行時復此，當政之急務也。故出處皆疑之，陳南京府指宜東[illegible]自[illegible]國之[illegible]
飢者與食，寒者與衣，疾者與醫，[redacted]民，是以不寬，與利除害，[illegible]
國[illegible]固有白鹿書院，內司李[illegible]嘗司書，多未[illegible]季間，往[illegible]其田，從出入兩[illegible]
已。先生集古子講學，[illegible]議者，[illegible]其詩[illegible]忠言三、兩[illegible]竟[illegible]不暮
風土人不遠，唐宋年內紫陽重興，先生刻其集，[illegible]復[illegible]海內[illegible]
[illegible]下其地不言，先生為之重卜[illegible]
[illegible]山而[illegible]柳先生[illegible]而[illegible]金陵[illegible]改理揚州，尋遷刑部主事江

春官戶部三字

作諸作用

春[illegible]郎姓官戶部，以學啟事[illegible]諮死先生，以其大府明[illegible]言子未成得

戍粵中，陸秋潮路訓潮[illegible]閩伯先後建言下獄，抗疏救之，皆得出。丁

憂歸，服除，轉禮部員外郎、山右典試，歸，載道孫譜[illegible]諸種十萬

石糧之。沿書[illegible]已而推[illegible]山東事，改至書家莊，激冠絳至，先生

諭之，[illegible]即兩浙江[illegible]以鞋起歸[illegible]居白，

年五十下從[illegible]氏李氏高氏[illegible]子[illegible]在[illegible]曰[illegible]十六字

崇禎癸未八月十一日卒，距生万曆甲子十二月二十三日，年五十[illegible]

[illegible]會，故其李同源流[illegible]在江右，如額山、泉何、仁德、雷歲嶠[illegible]万[illegible]

洲，故袁高沈內[illegible]傳世，然抹[illegible]，先生[illegible]漢上[illegible]緒言刻兩傳[illegible]主[illegible]生堂言，人死大舞

也，當心猶火也。以薪喻大傳，未有薪時，火從何傳？火傳薪盡，此薪不[illegible]

火從何往，即是推來此主人翁，將謂即此昭昭靈靈者是矣，指[illegible]

昭昭靈靈，而別覓主人翁乎，即昭昭靈靈為主人翁，認賊作子，離昭昭靈靈

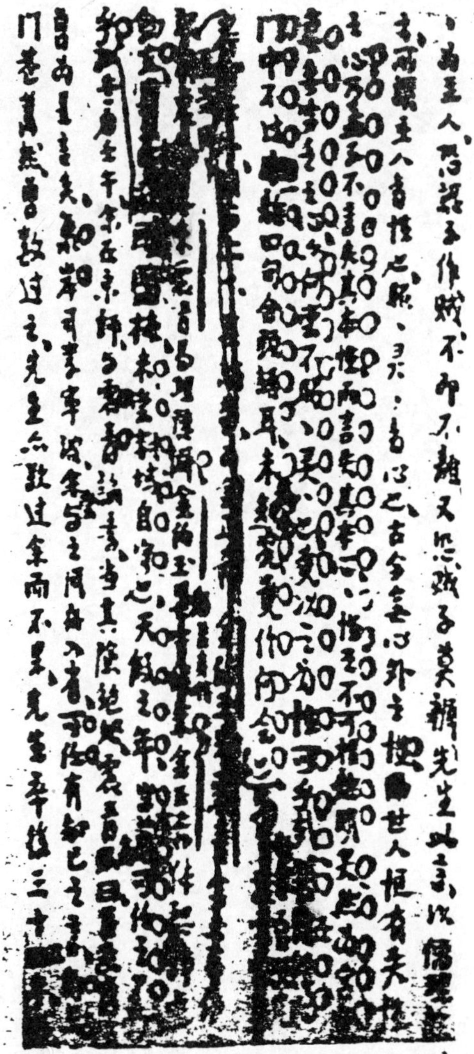

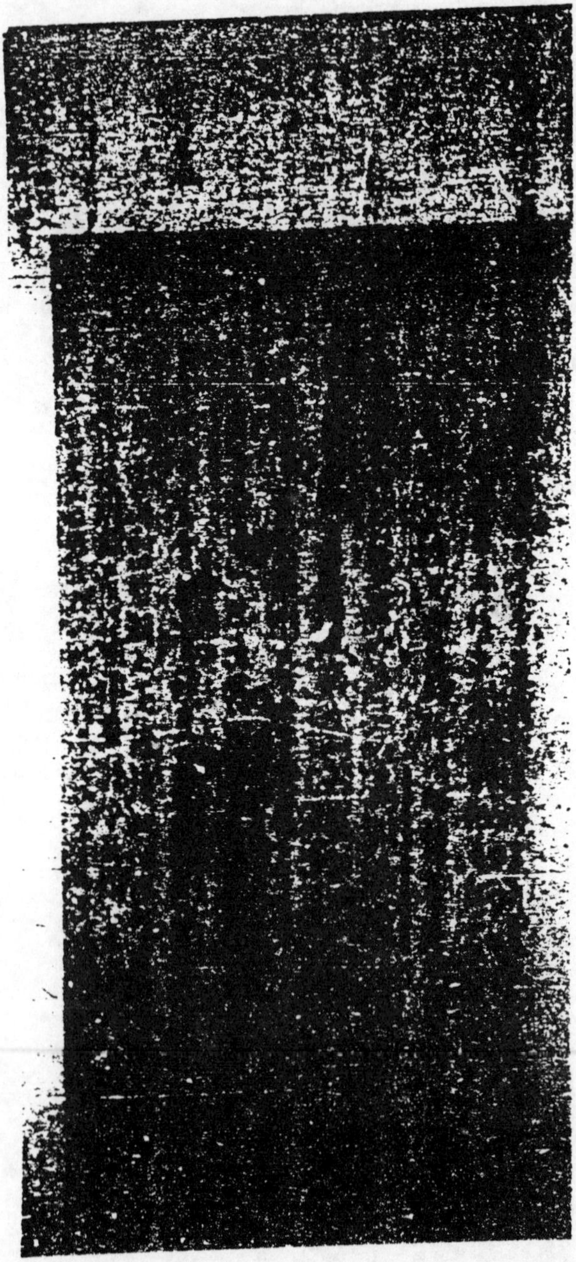

念祖堂記

[illegible]聞不見者十餘年矣，下上中無得其一執，而事[illegible]吾[illegible]未[illegible]於[illegible]
[illegible]覺先生[illegible]也，究其家業隆，信為異門，不信其言[illegible]
[illegible]先公以遺之[illegible]識於區序，未及以接[illegible]
[illegible]而知[illegible]於矣，吾宗[illegible]壬午，小人進為二十四[illegible]
信[illegible]之，[illegible]宗大義觀，敢論言官，[illegible]言官諸[illegible]者有所為，不
[illegible]書，實不能見其意，於是皇上不可以[illegible]大得言官，皇上上所為代
人為[illegible]何爾聞之，豈於尊[illegible]亂至即，[illegible]後之[illegible]以[illegible]
[illegible]上大想下之語，[illegible]全全[illegible]直[illegible][illegible]書，吾[illegible]
[illegible]先生[illegible]，淹臨到[illegible]一[illegible]甲申二月[illegible]
[illegible]先生不[illegible]以[illegible]之故，[illegible]不[illegible]

曰、一作說仁之志義之至也、大国破矣也、是非[illegible]已[illegible]、先生於時、不甚[illegible]
人言之。[illegible]和不加如延[illegible]之[illegible]、放[illegible]
不[illegible]遂[illegible]文作慶沒捷成、所[illegible]而不[illegible]不然、先生一癸於戍、兩[illegible]可以不然而
文一而不[illegible]之。[illegible]古人作事大[illegible]年、[illegible]成十九年而返、泰太宰謂
或帝國慶業布從[illegible]是[illegible]事彰[illegible]頭下而[illegible]然、先生下[illegible]宣[illegible]而
復成事[illegible]以出[illegible]也、[illegible]寶父成長安、實弁八些、臨別謂宝
曰、頃我也、當內汝上應長安既[illegible]不得返、宝年已七十不[illegible]
[illegible]

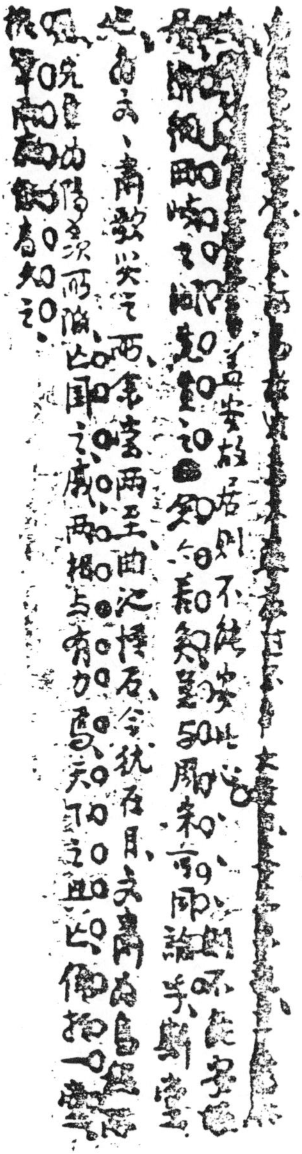

儒者正待要人自認，索水卻恐遲，發其衰惑，聖賢推勝，毋敢建兩河間。前先生曰：長此不已，得[illegible][illegible]，竟可復生，今絕[illegible]，緩骨氣西，卯入屠散迹下，日撥興能肯，秋日照不振也，然乎。

[illegible]

王元紀

黃書[illegible]

皇明中憲大夫太僕寺少卿贈太常寺卿松槩姜公墓誌

銘 丁酉

予嘗讀 本朝奏疏而嘆[redacted]此臣之不敢其是也夫諫者罕僅行已之言為得乎逆料其君不若堯舜不能納正言而以庸人之所共由者庶幾吾君於是齊以識智勇辯而行吾之諫諫即行乎於將凍解於西而氷堅於東霧釋於前而雲消於後是使其君終身不聞正論也吾謂諫者亦唯是堯舜之所行者即吾君之所能行也一時諫或不入其君終畏其言而不敢自恣未必不行之於數十年之後若是者可謂之[redacted]敢[redacted]君矣 神廟時光宗生其母無寵已而福王生其母鄭氏也 上嬖之甚嘗於玄帝神前盟曰有子則為後於天下書其盟於約中分之 上藏其半鄭氏藏其半猶流俗之所謂合同者至是福王生 上

傳貴妃鄭氏進封皇貴妃戶科給事中姜公上言禮貴別嫌事
貴慎始恭妃誕育元子翻令居下揆之倫理則不順質之人心
則不安傳之天下萬世則不典非所以重儲貳定衆志也奚若
不容已勢不可回則願首冊恭妃次及貴妃又下明詔冊立元
嗣為東宮以定天下之本當是時 神宗含 光宗而立愛
之局已然矣之說御預一時賢論於公之昌言不敢明言
臣職居言責請公吏科左給事中楊廷相等疏救不聽謫公籍
倖 神宗旋復其冊立初以 皇長子質弱為解已又要為解
嫡已又變為謂宮金錢未備屆時詐既後公上疏之十九年
萬曆二十九年不得已乃冊之 光宗為皇太子第三子為福
至四十一年十二月乙巳 神宗乘盟言於貴妃未嘗出書
盟之書乃出廬封如故奠之主帝神前奉案下所開其書

丙子潞王就國蓋[illegible]癸丑二年言國本都
既皆謂公之說而　神宗以天子之威不敢直行其意賴公之
一言足以畏之也　公諱應麟字太符別號松槃學之慈谿人祖
挹文國華嘉靖己未進士累官至陝西行省參議母王氏封恭
人萬曆十一年進士選爲庶吉士改授户科給事中謫大同廣
昌縣典史十七年遷知餘干縣二十年丁外艱服除赴闕王文
肅以三王並封擬旨舉朝嘩之及文肅請去公[illegible]寓書爲譖公
許可以四年前不出不可於四年後求去宜於無事時乞休未
遂於安危時奉身而退文肅畏且言而謝之同郡沈文恭繼爲
故職攖事君者也往曾朝堂公復以語侵之故事小臣隨例請
休文恭語吏部姜君姓名　上時置腹聽中貴請乃可於是待
詔七年五請而不報文恭益畏之矣冊立命下公愀然而嘆曰

吾君不聽臣從寧之注割而殉小臣之一言是哉[illegible]
吾又何必出而圖吾君乎遂歸 光宗即位擢國本再疏大
僕寺少卿吏科諫疏附臣公禮格之公亦恥與後進爭席即乞
致仕崇禎三年五月初七日卒距生嘉靖二十五年四月二十
四日年八十五明年從子[illegible]御史思䖍請邮贈太常寺卿十
四年嗣子思爵再請奉 旨與祭葬錄其子一人塋邑東北之
花盆山元配劉氏封恭人後公三年而卒子三人思爵思粛思[illegible]
復皆諸生女五人皆適士族孫九人晉珪晉琮晉璜晉琦晉瑞
晉璞晉瑛晉瓊晉卿曾孫某銘曰
古之君臣亦唯師友后之人臣僕妾奔走師友之言春溫秋肅
僕妾之言屈曲從俗宋有程子說書崇政當折柳諫求昔臣平
此風邈矣有君不敬昔我顯皇風露山立劍刮而[illegible]

武侃侃姜公有道如矢　帝默其身其言番只康節雖安公言
霜雪山窮水盡要盟始絕申王趙沈僕妾之臣夫苟沾公何至
紛紜豈為一疏遂足以傳期君堯舜比心萬年

附與姜淡仙邸書齣作較舊誌有疏畧者頗有意存當　神
宗諭封貴妃之時中外形跡尚未甚著所謂人情回、道路
相驚訛言皆後來景象言之於此似為太早反將公先幾之
見上晦而不彰故弟於先後形容太過者一槩抹却未上之疏
載其全文已為非體且考其時有次輔沈公鯉一句則是年
且矣沈公以是年九月入閣而八月已下十月十五日冊立
皇太子之旨安得復進此疏乎三王並封之議在癸巳後公
疏乞年而報又救在後荒之前亦為倒置[redacted]

[redacted]所稱含臺
先生從諸生時聞公幽本流太息如顏先生生己卯至丙戌
纔八歲亦不應鑒定如此也凡碑版之文[redacted]最重真
實[redacted]而無識者昧然爲之此弇州二史考所吕不
勝其糾謬也

錢孝直墓誌銘　甲辰

學士王龍試之經義而刻之名之曰社其事至淺鮮也相傳仁
叢國小人之攻東林者蔓延及於復社作為蜚語錄言東林之
後復社猶蝗之有蝻所以傳衣鉢者也士子得此聲價驟高者
屬復社之名儼然如俊及顧厨之在天下然同社者從師尚友
錄其姓氏行卷東西南北之人顧不及相見也間有奔向社之
會者因解試則在省同歲試則在郡乃著錄無所因先期便覺
四出遠十餘郡之士子聚於一邑舟車填咽巾履突騎[illegible]
中置酒高會者則月詣溪澄社始也主其事者為郁起麟援公
錢蔵子與呂顧良季臣徐廷獻予諤孫奕子度以一邑而齊古
于餘郡之士可謂盛矣其後十九年丙申而[illegible]
社於其邑如故時予與之之子孝直[illegible]

時前此數子皆物故存者惟子與而已以父子而嗣續者有之

章亦宗可不謂之盛也乃未幾而社事難又未幾而孝直亦卒

是社事之盛衰既始終於語溪之之盛衰又若始終於錢氏

之父子也余避虜浙河東當澄社之会得與未赴接公子與乃

渡江就吾为会於王文成公之第其刻文也詩余文統出然後

置甲乙焉西泠之会余五與廑鹿相接又不得赴後[illegible]年

[illegible]余與弟奕梅本万宜虎

一訪子與至其家孝直出其詩文則如揉松怒水奔無畔岸文

旁習於書畫篆石撥阮洞簫度曲[illegible]

[illegible]余劝[illegible]深數藝伴

当一路孝直雖然之余尚恐傷其遺世之氣旋自悔其失言也

子與指舍後孫園所謂余曰此三十年前子信宿之所也去歲

為債字登臺而去余曰有子也才此故不足道子與釋然喜曰
半月後脩字為業盛冊合遲子以定兒文也余諾之而盤已而
余席未三月則傳孝直死矣余愕然久之[illegible]
如王充而去[illegible]絕於本島者耶最後得其死狀孝直病卧書堂
曰吾聞卒於正寢禮也將力而近之其婦侍疾曰吾聞男子不
絕於婦人之手推手而去之促筆書曰白頭之人父泰春等黃泉之
母未登兄弟伶仃壯志未遂書畢乃瞑嗚呼孝直其生而近道
者耶抑勉強以行之者耶無可以坊社中限之矣孝直諱
正鍇錢氏武肅王之後祖祥父咸皆諸生母吳氏妻竟氏以
從子重瑞為後女爵姑年十四補博士弟子二十二而卒為孝
社後八年之七月壬辰近將以某年某月葬於某原子與余友
一狀之而求銘於余曰庶幾慰余之思也劉屏山詩云擧家歡樂

於其事而傷師之意老過湖湘縷衣極哀無頽色一曲盡[illegible]

三[illegible]之際且不能不動情而况於子與孝孫[illegible]

而[illegible]其學也銘曰

節而不務上而不實孰封植是孰開鏡是世之為孝直衰者以

其子而未出合之為孝直衰者以其孝而未卒

前鄉進士董天鑑墓誌銘 甲辰

嚴子陵不樂仕進飛遁以全道也陵後及顧廚之黨八六未嘗憔悴江東之上兩者似不相蒙而君子泝流窮源以為東漢之名節始於子陵萬曆之後吳中歸季思張異度李長蘅皆卓斢公車不赴此是自甘淡薄復何關天下事乃自之為清流然余觀宰縣陳大有以宋咸淳乙丑進士入元七十有四重就鄉試権折困踣於場屋老死而不悔有不當出而出者況較可以出而不出者之為何如耶近時之不赴公車者於吾友中吳有徐昭法西浙有汪魏美巢端明徐蘭生東浙有弟履安顧叔伯董天鑑此數子者其亦可以出而不出耶抑亦不當出而不出耶則知難矣其于不出於前者其亦不出於往者彖由是而言隱逸之為名節豈不信夫丁酉履安卒其後四年

而天鑑卒又後二年而叔伯卒蓋至是而東浙之風流盡矣初
先忠端公遊學甬上師張春濤先生天鑑之父武銘公乃同門
友也忠端公主於其家天鑑之祖母葉太夫人以十高之屢勤
藉時其食飲忠端子為壽屢澄余過甬上天鑑之昆弟景則箋
公晉公亦皆以弟畜之指其所居之樓曰此忠端公讀書之所
池兩家交情若是余雖不能如柳子厚之許孝友竊幸名節之
出自吾先友之子也蕭于騰于拒作師中貴賤畢用書
君今十五年有時十小廿小十歲君諱德佩天鑑其字也別號銘存
漢孝子董黯之後世家明州曾祖邦樂中嘉靖丙午鄉試知浮
梁縣祖光亨贈知州父應奎即武銘公也中萬曆己酉鄉試歷
南安建寧令知和易鄧三州君少而詳敏十一歲贈公之喪能
任書記之事稍長即補弟子員武銘公在易值己巳之變君奔

闖賊屠陵一蒼頭藏蔽叢骨中及郊而甫甦焉僮僕仆君頭目皆碎脫死毫髮間而君以得覲親爲大喜前驛將指易度河閘此何地也居民曰倒馬河師以爲不祥去之已而公遷鄭州適遇按偶鄭州被圍君聞之見星而行三晝夜抵五百里縋城以入時公以勤勞病革見君驚起曰吾有城守之責野死宜也汝來何試身不測之險乎於是父子相持而泣公卒官君扶櫬還鄉哀感行路崇禎丙子鄉試君在省下[redacted]閣太夫人病徒步而返至則病愈又徒步而出當舉子息影𢼸聲之日君芒鞋走畢歷赤日若干里叩鎖院得入發榜中式人以爲孝感也癸未復中副榜朝廷急於用人副榜著奉旨授職君喟然嘆曰吾先公有致治之才崎嶇於戎馬之地死而不見叙於考功普人輕其非進士也某寧復蹈此乎不受而歸行朝以戶部主事

授之丁憂不赴自是以後屛跡棄上華執喪如海閣稼語危[illegible]
凄切蓋如是者十有六年而卒則辛丑四月二十二日也上[illegible]
癸卯三月二十四日享年五十九某年某月某日塟於某[illegible]
施氏步司馬東明公之孫女子四人允瑶允珂允琿允瑚[illegible]
李存能文名女二人長適吳道我先卒次適徐荆孫男六人[illegible]
歷元大元顯元容元樾元績孫女二人君不爲泚濫之學[illegible]
至於享身詩文主明理適用亦不以藻飾[illegible]麗爲工也蓋[illegible]之
爲人孝友力行其家風有人所難及者[illegible]與
華公爲學生君貧而肇公尤甚肇公既病君之諸子[illegible]次
嘗酒[illegible]豆進君、食之舍其半俟諸子退則手握以就肇公[illegible]
而諸子知之乃先以壺酒簞豆進肇公而後進君、始爲之[illegible]
嘗疾君久病藥餌所需不下中人之產諸子亦手擘寒[illegible]

君有傷哉貧也之嘆則君之所行有以感動之也嗚呼君之名
節勤劬揚所至哉余哭君龔允瑤以墓銘見屬明年使為貞一
以狀來余曰三世交情在中即不言余亦欲敘此一段使兩家
子弟知之在中者允瑤之字也後四年始克為之銘曰
修名嫥節孰不樂此傾壺闔窮難操行乃毀所以潔明而求貧者
卓哉銘存飢寒沒齒非無交遊不通名紙非無舟車不遑棺木
董君不遇已揭前軌

蘇州三峯漢月藏禪師塔銘 乙巳

古今學有大小，蓋未有無師而成者也。然儒者之學，孟軻之死不得其傳，程明道以千四百年得之於遺經；董仲舒、王通頗亦未聞何所授受，其斡也。師道不立，微言絕而大義乖，即有豪傑埋沒於俗學之中，不能自出頭地。釋氏之學，南岳以下幾十幾世，青原以下幾十幾世，臨濟、雲門、溈仰、法眼、曹洞五宗，皆系經語錄其斡也。奔蜂不能化藿蠋，越雞不能伏鵠卵，若數已徵閒人取各以大道為私門，豪傑之士生於其間者，附不附皆不可。擎拳撑脚，獨往獨來於人世，則指為失父之零丁。不然，道既通而後求師，何關於學？為師者又不曰弟子之學於吾，無與而及歆其含吾所未及之學。若是乎師之為害於學甚大也。萬曆以前，宗風衰息，雲門、溈仰、法眼皆絕，曹洞之存，密室傳帕，臨濟亦若存若沒什百爲偶甲乙相授類多墮窠之徒紫柏憨山别樹法幢過而嗤之紫柏憨山亦遂受未詳法嗣之抹殺此不附之害也其後胡喝亂棒聲焰隆盛鼓動氣岳開先從而嚴之既飲剝淺而野祭無祀之鬼開先亦遂爲唐子適人此附而不附之害也三峯禪師從而救之宗旨雖明箭瘢若粟師弟子之訟至今信者半不信者半此附之、害也所謂宗旨者臨濟建立料簡賓主玄要照用四喝等綱宗雲門建立函蓋截流逐浪等綱宗以搊棒喝之欺僞曹洞潙仰法眼建立四禁五位六相三昧等綱宗以搊機語之欺僞師從寂音遺書悟之廣陵散之絶久矣師欲推明絶學苟爲紫柏憨山之所爲念無以顯於天下太倉以弇門北禪請師出世師不正位不登座曰威音已後不許無師儼然而踐其位判未證得證得者將接跡於世矣也而

登匡廬洗沅湘擲絃毒鼓寥寂謂證密雲悟公以臨濟第三十
世歸法金粟師徘徊而就之雲大喜上堂告衆曰漢公悟處真
實盡世老我所以屈身來此著為臨濟源流耳老僧從來不易
安第一座今以累漢公師請末源雲曰臨濟出世惟以棒喝接
人不得如何若何占、貴單刀直入請言堂與雲不應良久曰宗
旨太密嗣續難乎其人不若已之師曰不然黃龍有言學者敗
誹之辭不以如來知見之慧密擬之何由能盡且古人建立宗
旨千年百圍而有乘虛接響者混我真宗者師家大法不興
從攝發吾宗掃地矣遂辭去雲以源流付師、不受由三玄五
要究竟是何等法、若相符方敢祇受時師已登舟南雲[illegible]
雲傳語曰吾家以拄杖拂子標題捶量汝特謂別有實法否
相傳師固問云云要且置如何是一句師答以偈云寒江水淨

此是第一句圓也圓不圓劈也劈不破滾倒牛角尖無舌、識大法、深處絕古路若不行是門戶若要行手非丈向取和尚道一句雲又問汾陽道三玄三要事難分如何是難分處師又偈者落難分虎頭顱頂未足談若還分得是依稀隔千山畫與書請過關得而忘是何顏粘頭綴尾倒翻撒天雲滿湖天雲又問得意忘言道易親如何是得意忘言處師畫⊙相答之府應而行雲又進入關⊙此是圓相耶三點耶師答書曰法門建立之要十古萬古不能撲破宗旨未破則臨濟猶生生豈可以一時舉揚之不易承接之無人使欲越過此宗喜行手易墮塗毀覺乾曰此如衣冠搆孔門弟子而毀易繫、韓三尺童子皆笑之豈謂齊書一點曰我先師不曾說起彼既知此彼自行之上點斷、行宗旨受源流以復師未幾應北禪之請師又上書於雲曰歲

得心於高峯印法於寂音和尚一棒血派三番火滅燼書總炷
一炷雲香紙恐不是玉、、真太奇當是時雖有憾於師之
很其英偉辯博非及門所及姑且牢籠之而及門者多愚其張
皇辯擺闔作於是有闢妄七書天下視其師弟子之水火
然師固未嘗失師弟子之敬第以法門大事不欲掩以私恩
耳今之議新會者謂其從聘君無所得獨坐十餘年恍然覺如
焉之有勒其不宗聘君明甚儒釋同例則師之齟齬於師門也
何害耶師諱法藏字漢月號於密晚改天山無錫蘇氏子也父
爾母周氏少入鄉校兩水暴至失師所在已而東大雛出沒濤
中父老奇之年十五從德慶院僧為童子三年歸家行冠禮而
後落髮出家豈細事而輕易為之耶嘗自為懸記曰吾四十
悟道隨六十而死既而讀高峯語錄入手恍然如出己口始破

心癸寅受小戒於蓮池受大戒於古心入匡廬三峯茇舍虎溪
脇不沾席中夜為昏沉所苦小師分書警板佛號徹天每嘆曰
吾嘗言四十悟道今三十有九徒勞若是豈終負此語乎泣不
能禁明年同朋衆閉關交拜之次疾駭擲身一睡五日不醒適
窓外檀樓壓竹有聲師聞若雷震起枕上心空際斷從前文
字但見紙墨義理了不關懷端坐終夜如彈指頃無思惟中忽
於青州布衫打失鼻孔即頌曰一口棺材三隻釘葉、斧子送
平生自從薤露悲歌斷龜得朝、墓柏青則萬曆壬子之二月
初五日也師猶不敢自足深研玄要之旨又二年梅花初謝掩
關危坐不知疽之發背一日推窓見黃梅墮地千門萬户即時
豁然取寂音智證傳讀之不異室中摩頂受記師道價日高方
外諸老宿庚聞谷以徑山迎之憨山以歸宗招之俱謝不往

銘

又十年而後嗣法於密雲天啓末文、肅姚文毅周忠介皆得罪奄人絕交遊禍師且北遊相與密語諱鳴危言深論不隱國是直欲高嵩龍背身出其間　烈皇帝踐祚師在安隱始破[illegible]學標龍象競號為一時之盛而法門之禍幾如儒墨相與辯攻盻之者如也師之不為纔也亦幸矣師八坐道場常熟三峯長洲大慈聖恩真江聖壽杭州安隱淨慈無錫錦樹嘉興真如而始於三峯終於聖恩崇禎乙亥四月朔白槌辭衆七月二十一日風雨法堂大木皆拔初夜侍者濟曠侍疾問如何是和尚身後事師曰床頭老鼠偷殘藥壁上孤燈照舊衣漏下二刻僧問汾陽頌直出古皇前如何是古皇師曰草衣木食頌之跏趺而逝世壽六十三僧臘四十五後四月窆其全身於萬峯祖塔之左是夕白虹貫於塔所門人集其語錄十六卷行世其得法弟

于梵伊致一默成問石乘在可證頂目徹源于垣剖石壁于磐
灣甚可銘澤吉忍具德禮繼起儲碩機聖劉道貞凡十四人今
尋傳者亦皆為世津梁矣師儀觀甚偉其在淨慈聽一時恭請
入室者踰于杼嚴印持馮儼公張秀初江道闇皆羲文字之交
故同堂見之時羲好觀宋儒語錄有言之於師者師誤為古德
語錄爽如勸辯蠡然無以應也師為之一笑方丈中時說論
語周易皆鑿空別出新意每聽至夜分後三十有二年羲見儲
公於靈巖出師之年譜道行錄讀之謂羲曰夫童師翁塔銘前
有作者自子發之[illegible]改撰於錢宗伯光明加顯吾師之塔銘當
時劉宗伯所撰亦未備子可引前例為一通乎羲曰敢乎哉昔
柳子厚為大鑒碑劉夢得繼之遂書第二無已則有斯例在乃
撮其大者言之唯宗旨之定法門之興廢也故不敢畧銘曰

在昔茅元試經得度法幢相望緊此之故有明罷科所驟負子百年鄉飯書燈而止聞生天童中興象教婦人孺子禅悅喜笑師起三峯乃獨憂之綱宗不立白晝狐狸遂挾趙幟立漢赤幟逃人未盡壞墨而詈鄧尉偏衣太湖金玦五宗之哭（師有哭五宗詩）血泪無竭點鼠逢備偷心不起所曰綱宗亦復如是維彼點鼠不生法門今始贊歎有工宗原聖學宗傳亂於萬曆東林救之賓維無錫端文忠憲錢氏啟新靚、三公儒者大醇師生是鄉亦優曇時砥柱釋氏天心可知孰謂嵩高錫山高只孰謂黛深梁溪深只、

附繼起儲書

讀高文不禁泣下數先三峰和尚道高天下古今巧遭遼報舌非親見面目心手獨諳者不能傾吐

還痛以吉夫天下古今也不孝不揣菲薄非不欲
直揭先師光明心髓同乎日月延前耀後而又每
以幽体先和尚千折不磨之孝志如大論所謂
傳忌諱居多澄江張司農見不孝文字輒曰和尚
為濟門究轉即係於三峯老和尚塵刹深恩未免
況出今日目高懷激發覺前言轉淺去夏到時
曾訂木樨手囊放小艇過訪時以水程阻塞不
能遂數行何論行路且中回促聊寄來盡胸臆
年譜序高拔出情總後塔銘同行世也

女孫阿迎墓磚 丙午

阿迎者梁州老人之女孫也父黄百家母盧氏、、家[illegible]上

之遍明巖故阿迎生於遍明庚子歲十二月初七日也壬寅三

歸秀鳳慧異常兒余甚愛之、其在左右濃然不知愁之去

時至書案對坐弄筆硯信口咿唔授以沈龍江女誡背誦如

水二三年來余糊口吳中朝夕念兒、、亦朝夕念余見余歸

則兒藻攀坐膝上挽鬚勞苦曲折家中碎事以告設家中

事勿欲使吾知者又戒無使兒知恐其漏於吾也兒

兒念爺、、勿出門去余應之曰爺勿出門則兒無果餌食

甲爺在兒亦不願果餌也今年余逐越城闈痘疫盛行恐然

兒之出十一月十九日至家兒迎門笑語余始釋然十二月二

兒紺衫拜跪上 太夫人壽舉止安詳一門歡然初七日余

[illegible]經訂為兒作生辰是晚出痘至二十日而殤得年七歲哀[illegible]前壽兒之殤余亦甚愛之故無夕不入夢庚子十月余遊[illegible][illegible]其殤時已五年來夢於圓通寺匆匆若吉別者余作詩[illegible][illegible]通亦有重來塔此意明明不肯厭歸家而阿迎生矣自此[illegible]不復夢見壽兒則阿迎為壽兒之重來無疑也蓋吾里之[illegible]名爾生而圓通又為道濟禪師重來之地壽兒現靈於圓[illegible][illegible]迎應識於兩生非無故也獨怪顧非熊以殤兒再生遂得老年而阿壽之轉阿迎[illegible][illegible]七年旋聯而失抑緣如[illegible]浚源與倫其慰余而反毒余耶解之者曰是、女孫無[illegible]遄[illegible][illegible]老人曰余賦性柔慈朋友一言[illegible]噓沫[illegible][illegible]兒也[illegible]吾如是雖欲忘情其可得生殤後三日塟之化安山[illegible]爾母孫氏之側寒風歲盡水雪滿山與塟壽兒[illegible]時日風景如

竟無異也嗚呼以余之愚何煩造化之巧弄如此哉因以哭兒之詩
為之銘曰
老來觸事盡無聊兒女溫存破寂寥阿壽五年迎七載如何也
軒檻雞鋼其一 十二年中已再世重翻舊恨作新愁兩行清淚落
知動泝到前痕竟不泝其二 為因望我太頻煩嘱我明年莫
出門我在家中猶未出兒何反作不歸魂其三 出外長將梨栗賣
歸攜兒一笑解皺眉兒言但得爺長在不願堆盤吃素黎其四
屈指生辰近上弦紅衫侵曉拜堂前南窗懸日團圖話在
愚然是別筵其五 龍江女戒兩三章晚夜連珠在耳旁今日眉
喉從此絕散為刻漏淵悠揚其六

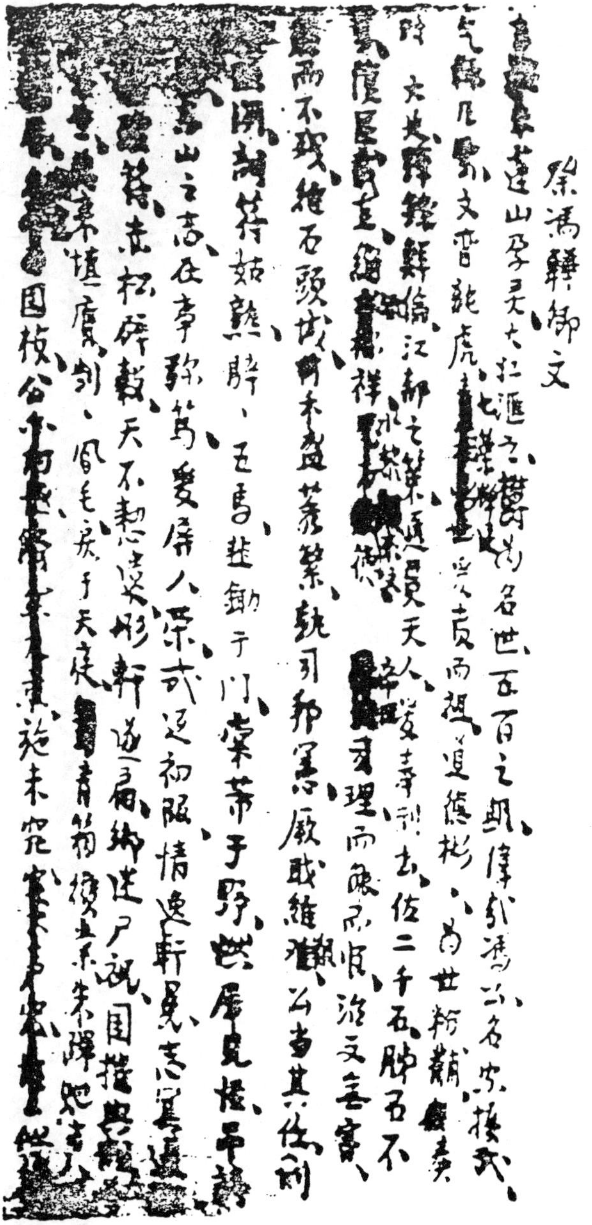
祭馮韓卿文

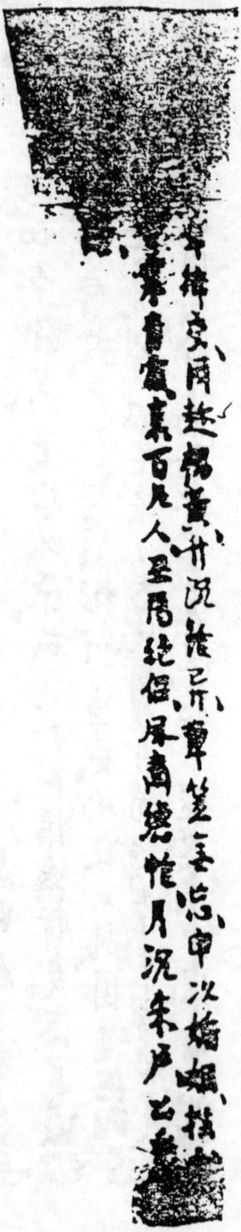
苹緯支、兩楚、郡黃、廿況錐巳亦、輩篁吾忘、中次婚姻、撲
詭、業會囊百尺人丞馬絕倨、屏青戀帷月況朱戶出

南雷雜著眞蹟

（釋文）

萬里尋兄記❶

義六世祖小雷府君諱璽，字廷璽。兄弟六人，長伯震，商於外，踰十年不歸。府君魂祈夢請，卜之瓊茅蚌殼之間，茫然不得影響。作而曰：「吾兄不過在域內。吾兄可至，吾何獨不可至乎？」躡屩出門。鄉黨阻之曰：「汝不知兄之所止東西南北，從何處尋起？」府君曰：「吾兄商也。商之所在，必通都大邑。吾盡歷通都大邑，必得兄矣！」於是裂紙數千，繕寫其兄里系年貌，爲零丁所過之處，輒榜之宮觀街市間，冀兄或見之，卽兄不見，而知兄者或見之也。經行萬里，三山獠洞，八角蠻陬，踪跡殆徧，卒無所遇。

府君禱之衡山，夢有人誦「沉綿盜賊際，狼狽江漢行」者，覺而以爲不祥，遇士人占之。問：「君何所求？」府君曰：「吾爲尋兄至此。」士人曰：「此杜少陵春陵行中句也。春陵，今之道州。君入道州，定知消息。」府君遂至道州，徬徨訪問，音塵不接。一日奏厠，置傘路旁。伯震過之，見傘而心動曰：「此吾鄉人傘也。」循其柄而視之，有字一行，曰「姚江黃廷璽」。伯震方驚駭未決，府君出，而相視若夢寐，慟哭失聲，道路觀者亦嘆息泣下。時伯震已有田園妻子於道州，而府君卒挽之歸。楚人高其義，稱伯震爲黃來，稱府君雷小來❷，望其復來也。府君因其聲轉之，別號爲小雷云。

事在宣宗之世，三楊當國，朝廷人物固多光明俊偉，而草野之中猶能敦樸愷悌，識道理、賤誇詐，相延成俗若府君者，雖不可以時代爲限，然非盛時風俗之美，亦不能卓絕如此也。獨怪爲人子而所遭不幸，間關踣頓求父求母者簡策不絕書，爲人弟而求兄者無聞焉。豈世無其事歟？抑有其事而紀載者忽之歟？江河日下，兄弟之情日淺，宴安荼粥，茵草薰蒸，以路人之愛惡愛惡其兄且不可必，則夫棄捐頭髓、不避驚濤峻坂之險者，較之求父求母者不更難耶？羲叙府君之事，不禁涕泗之橫流，蓋傷時也。

❶ 此文已收入吾悔集、南雷文定、南雷文約諸刻本，但刻本與原稿文字頗異。

❷ 「雷小來」，當從刻本「爲小來」。

陳定生先生墓誌銘

甚哉小人之愚也！小人之仇君子，必指之爲朋黨，大書深刻，列其姓名，將使後世之人同心疾之也。然蔡京立元祐姦黨碑，而三百九人者，後人各爲之列傳。韓侂胄立慶曆黨人碑，而劉後溪遂以慶曆黨人之名名游監簿之墓，黨人之家，亦各以其名名其門弟。據小人之心，固謂被是名者不勝其辱矣，孰知適以榮之耶！天啓間，逆奄竊國，是時有百官圖、邪黨錄、天鑒錄、同志錄、點將錄，依之以盡殺朝廷之士，所謂東林黨人也。其間侍從之臣，楊、左以外，宜興少保陳公爲之魁。崇禎末，阮大鋮作蝗蝻錄，以復社名士塡之，謂是東林後勁，欲依之以盡殺天下之清流，其間定生先生爲之魁。按元祐黨人，唯司馬光、司馬康、范純仁、范正平、呂公著、呂希仁父子名在黨籍，而先生之父子實似之，訖今四十年。貞元朝士無多，刼塵冷落，天子開有明史局，根括天下藏書，於是東林黨籍稍稍復出，而先生父子皎然與日月爭光，可不謂之榮耶！

先生諱貞慧，字定生。陳氏爲止齋之後，由永嘉徙宜興，遂爲望族。曾祖諱憲章，祖諱一經，皆贈左都御史。父諱于庭，仕至左都御史，贈少保；母張氏，贈夫人；生母湯孺人。少保四子：長貞貽，有文名而夭；次貞裕，天啓甲子舉人；次貞達，戶部主事，左遷順天知事，國變死節；季卽先生也。

先生幼而奇傑。少保喪其才子，居恒鬱鬱不樂，顧先生在側，曰：「賴有此耳。」弱冠，補弟子員，廩於學宮。侍少保宦遊南北，凡朝政之缺失，君子小人之消長，口談筆記，皆出經生聞見之外。居家孝謹，庭闈之內，無疾言遽色。念長兄之才，恐其遂至淪沒，因梓行其書。少保沒，同邑故相以生前睚眦修怨其孤，有取子毀室之虞，先生楷定良苦。故相知不可以力屈也，好言慰藉之，先生落落如故。

時周仲馭、沈眉生讀書句曲，先生與吳次尾讀書亳村，皆好佐王之學，獨持淸議，裁量公卿，天下望之如鏌鋣出匣。當是時，烏程執政八年，以禁錮東林爲事，淄川、韓城承其衣鉢。東政❶雖時出彈射，有勝有不勝，而終不能覆妖鳥之巢，以得志於時。漳海在獄，利害尤急，三吳君子間出奇計，謂不如援彼黨一人以爲兩家騎郵，庶放東林出一頭地。僉詣故相，而故相所最暱者爲阮大鋮，大鋮亦從吳中呫囁耳語曰：「苟使大鋮得改事諸君，所謂生死而肉骨也。」溺灰陽焰，置酒高會，南中之士入其牢籠者强半。吳中諸公恐仲馭之不許也，邀之半道，會於虎丘，天如、來之以謀告，仲馭持論不下。（此仲馭親為余言，今人恐無知者。）會眉生保舉入京，劾楊武陵，並及大鋮妄畫條陳，鼓煽豐芑，大鋮始阻喪。先生與次尾因草留都防亂揭。顧子方曰：「大鋮者，吾祖之罪人也，吾當爲揭首，其次則天啓忠臣之家。」故余與左、魏繼之，一時勝流咸列其姓名。大鋮杜門咋舌欲死。故相出山，大鋮猶不忘援手。故相曰：「南中議論與吳中駁異，未便可動。」大鋮曰：「廢籍馬士英，某之化身也，其可乎？」故相諾之而去。

崇禎己卯，金陵解試，先生、次尾舉國門廣業之社，大略揭中人也。崑山張爾公、歸德侯朝宗、宛上梅朗三、蕪湖沈崑銅、如皋冒辟疆及余數人，無日不連輿接席，酒酣耳熱，多咀嚼大鋮以爲笑樂。士英定策，大鋮暴起，國狗之瘈，無不噬也，遂廣揭中姓名以造蝗蝻錄，思一網殺之。仲馭下獄死，眉生、次尾、崑銅皆亡命，余與子方從徐署丞疏逮問，而先生亦爲校尉縛至鎮撫。事雖解，已瀕十死矣。若是乎弘光南渡，止結得留都防亂揭一案也。

國亡之後，殘山剩水，無不戚戚可念。埋身土室，不入城市者十餘年。先生即甚貧乎，而遺民故老時時猶向陽羨山中一問生死，流連痛飲，驚離吊往，恍然如月泉吟社也。所著有皇明語林、山陽錄、雪岑集、交遊錄、秋園雜佩、八大家文選若干卷。生於萬曆甲辰十二月九日，卒於順治丙申五月十九日，年五十三。配湯孺人，左都御史湯公兆京女。子男五人：長維崧，翰林院檢討；次維嵋，庠生，次維岳，太學生；次宗石，黎城縣丞；次維岡。女二人，吳璟、吳全昌其婿也。孫男四人，履端、履慶、洢、瀍。孫女十一人。維崧以先生卒後六年十一月葬於亳村新阡，又後十有八年從京師函幣寄余，求銘幽石。維崧以博學宏儒徵入史局，天下方藉以發潛德之幽光，而況於其先公乎！乃不憚數千里之遠，下訊草野，其亦司馬子長徵於夏無且之意歟？銘曰：

嗚呼！是為弘光黨人之墓。佞臣過之，猶避其風雨。

❶「東政」，應作「東林」。

汪魏美先生墓誌銘

汪魏美之卒，徐蘭生屬余誌銘，曰：「吾當先之以狀也。」荏苒十六年，狀不可得。頃見蘭生十哀詩，略具魏美事實，又見金道隱汪孝廉傳，因採兩家之言而誌之，以覆蘭生，使授其子。

魏美諱渢，新安人，徙於錢塘。祖父某，父某，妣某氏。魏美孤貧力學，舉崇禎己卯鄉薦。乙酉兵亂，奉母入天台。海上師起，羣盜滿山，始返錢塘，僑寓北郭。室如懸磬，處之惛如。

當是時，湖上有三高士之名，皆孝廉之不赴公車者，魏美其一焉，當事亦甚重之。監司盧公尤下士。一日，值魏美於僧舍，問：「汪孝廉何在？」魏美應曰：「適在此，今已去矣。」盧公然之，不知應者之卽魏美也。盧公遣人通殷勤於三高士者，置酒湖船，以世外之禮相見。其二人幅巾抗禮，盧公相得甚歡，唯魏美不至爲恨事。已知其在孤山，放船就之，魏美終排牆遁去。

魏美不入城市，不設伴侶，始在孤山，尋遷大慈庵，又遷寶石院。匡牀布被之外，殘書數卷，鎖門而出，或返或不返，莫可蹤跡。相遇好友，飲酒一斗不醉。氣象蕭灑，塵事了不關懷。

然夜觀乾象，晝習壬遁，知其耿耿者猶未下也。

余丁酉遇之孤山，頗講龍溪調息之法，各賦三詩契勘。戊戌，三置盂設供，同坐葛仙祠。己亥二月望，笑魯庵中坐月至三更。是夜寒甚，庵中止有一被，余與魏美兩背相摩，得少煖氣。明日，余入雲居訪仁庵，魏美矢不入城，至清波門別去。從此不復相値，有傳其在洞庭山者。乙巳七月三十日，終於寶石僧舍，年四十八。臨歿，悉舉書卷焚之，詩文無一存者。妻某氏，子蓮。

嘗思宋之遺民，謝翶、吳思齊、方鳳、龔開、鄭思肖爲最著。方、吳皆有家室，翶亦晚娶劉氏，開至貧晝馬，有子同居，唯思肖孑然一身，乞食僧廚。魏美妻死不更娶，有子托於弟，行事往往與思肖相類。遺民之中，又爲其所甚難者。道隱言：「盡大地人未有死者。七趣三世，如旋火輪，皆熾然而生，求不生者了不可得。君卽不壽，何患不仙？要以所苦不得無身，則蔟君仙後，尙當與予求必死之道。」此言魏美調息長生之非也。道隱之所謂「熾然而生」者，卽輪廻之說；所謂「必死之道」，卽安身立命於死了燒了之說也。而余之論生死正是相反：天地生氣流行，人以富貴利達愛惡攻取之心熾然而死之。魏美之志，透過金石，如丈夫食金剛，終竟不銷，不穿出身外不已。何以故？金剛不與雜穢同止，忠孝至性，寧與尸居餘氣同受輪廻乎！道隱視此與萬起萬滅之交感一類，斷絕其種子，則乾坤或幾乎息矣。銘曰：

學問之道，在乎立志。凡可奪者，皆原於偽。桑海之交，士多標致。擊竹西臺，沉函古寺。年書甲子，手持應器。物換星移，不堪憔悴。水落石出，風節委地。侃侃魏美，之死靡二。何意百鳥，乃見孤鸞。死而不亡，惟此生氣。

謝皐羽年譜遊錄注序

徐野公刻晞髮集，且創爲皐羽年譜，注其遊錄，讀皐羽集者於是無遺憾矣。寓書於余，俾序之。余於戊寅歲曾注西臺慟哭記、冬青引，此時不過喜其文詞耳，然無故而爲之，豈知其遂爲身世之讖耶？今日之序野公書，固昔日之書也，而意非昔日之意矣！

夫文章，天地之元氣也。元氣之在平時，昆侖旁薄，和聲順氣，發自廊廟，而鬯浹於幽遐，無所見奇。逮夫厄運危時，天地閉塞，元氣鼓盪而出，擁勇鬱遏，坌憤激訐，而後至文生焉。故文章之盛，莫盛於亡宋之日，而皐羽其尤也。然而世之知之者鮮矣！故皐羽身後八十餘年而張丁始注其慟哭記。又三百餘年而野公始爲之年譜。數百年之中，知之者不過數人。信夫後世子雲之難也！其間尚有疑義欲與野公討論者。

發陵之事，羅雲溪以爲戊寅，周公謹以爲乙酉，陶南村已不能辨其孰是，宋景濂書穆陵遺骼與公謹說合。景濂爲元史總裁，其世祖本紀「二十一年甲申九月，以江南總攝楊輦眞加發宋陵冢所收金銀寶器修天衣寺」，此似發後之詔。若乙酉方發，不應以未發冢中之物懸空指用。冬青樹引「知君種年星在尾」，却與雲溪戊寅相合。彭瑋主乙酉，遷就以爲寅月。公謹亦主乙酉，然言「八月發寧、理、度三陵，十一月發徽、欽、高、孝、光五陵」，未嘗在正月也。唯世宗本紀❶：「二十二年正月初，桑哥言楊輦眞加云：『會稽有泰寧寺，宋毀之以建寧宗等欑宮，宜復爲寺，以爲皇上東宮祈壽。』時寧宗等欑宮已毀建寺。」詳末句，似建寺已成，至此請舊額也。其亦非正月明矣。景濂之言尚相出入，而況彭瑋之武斷乎！

西臺慟哭記甲乙丙三人，張丁以吳思齊、馮桂芳、翁衡實之。思齊有野祭詩可據，桂芳有墓誌可據，衡不知何所據也。楊鐵崖作嚴侶墓誌云：「宋相文山氏客謝皐，奇士也。雪夜與之登西臺絕頂，祭酒慟哭，以鐵如意擊石，復作楚客歌，聲振林木，人莫能測其意也。」則其一人當是嚴侶。侶住江干，故記言「登岸宿乙家」；思齊流寓桐廬，故記言「別甲於江」；桂芳家睦，故記言「與丙獨歸」。若爲翁衡，衡與桂芳俱爲睦人，則乙、丙皆當同歸矣。以此知丁注背記，未爲實也，不知野公以爲然否？

年譜之學，別爲一家，李文簡著范、韓、富、歐陽、司馬、三蘇六君子年譜，後世嗟歎其博洽。然文簡所著，皆名位之赫然者。今野公所著，捃拾溝渠墻壁之間，欲起酸魂落魄支撐天地，又非文簡之所及矣。

❶「世宗」，刊本作「世祖」是。

王御史傳

己酉 ❶

王御史正中，字仲撝，直隸保定人。登丁丑進士第，未謁選，索遊於高唐州。會北兵南下，轉運銀杠亦避入高唐。北兵圍高唐，州守以爲銀杠旦晚是敵物，不如以此鬻城，免士女屠戮流離之苦。立要約，使與議者押字，仲撝與焉。事平，轉運者上失物狀。於是逮高唐守及仲撝，論死。繫獄數年，刑科給事中李清理而出之，降補揚州照磨，移知長興縣。國變後失官，避地於紹興。

上監國，以兵部職方司主事攝餘姚縣事。是時公私赤立，剽奪爲豪，市魁里正，朝得劄付一紙，暮便入民舍根括金帛，係纍丁壯，交錯道路，郡縣不敢向問爲某營也。仲撝設兵彈壓各營，取餉必使經由於縣，品覈資產，裁量以應之，非是則爲盜賊。總兵陳梧敗於檇李，渡海至姚，鹵掠鄉聚。仲撝遣兵擊之，鄉聚相犄角殺梧。行朝忌仲撝者以此聲討。某謂梧之見殺，犯衆惡也，不當罪正中。上疏救之，乃止。張國柱刼定海王總兵。縱兵大掠，列船江上，入城牢搜者二千人，仲撝攔止所圍。大姓數家從仲撝丐命，仲撝爲之消息。國柱終不得志而去。田仰、荊本徹先後過姚，舟楫蔽江，皆帖帖俯首，不驚鷄狗。蓋人民之恃仲撝，一時如决水之堤焉。

未幾，陞監察御史，浙河列守以西興爲門戶，蓐食鳴鼓，放船對岸，未經一時，復鳴鼓轉柁，習以爲常，竟不知有他途之可出者。唯熊督師以五百人走橋司，轉戰數日夜，雖士卒殘破略盡，而浙西、太湖豪傑多響應者。某謂仲撝：其勢可乘也。相與抽兵得數千人，渡海破澉浦，還益治兵，以爲長驅之計。浙西義師來受約束者，尚寶寺卿朱大定，太僕寺卿陳潛夫，兵部主事吳乃武，並翕臨山以待發。丙戌五月，禡牙復渡，由壇山以取海寧，烽火達於武林，而列守告潰，事不可爲矣。

仲撝短小精悍，喜於任事，雖以武寧羣從，得不爲列營所撓，亦其智計有以副之也。好讀實用之書，不事文彩，其言星象，則從閩人柯仲炯於獄中受之。行朝初建，進某所著監國魯元年大統曆。丁亥，訪某山中。某時註授時曆，仲撝受之而去。壬辰來訪，授以律呂。辛丑來訪，授以壬遁。仲撝皆能有所發明。

自某好象數之學，其始學之也無從叩問，心火上炎，頭目爲腫。及學成，而無所用屠龍之技不待問，而與之言亦無有能聽者矣。蛩然之音，僅一仲撝。又以飢火，驅走南北。丁未二月遇之越城，爲言年來益困，將於鑑湖濱佃田五畝，佐以醫卜續食耳。其年八月十九日，仲撝卒，年六十九。所著周易註若干卷，律書詳註一卷。子一人，三捷。嗟乎！某與仲撝交二十餘年，與之同事而無成，與之共學而未卒。仲撝生時，已無人知仲撝者，向後數年，復更何如？此紙不滅，亦知稽山塊土曾塞黃河也。

❶ 此文在刊本中改題爲王仲撝墓表，與稿本文字出入較多。

劉瑞當先生墓誌銘 壬子

崇禎間，吳中倡爲復社，以網羅天下之士，高才宿學多出其間，主之者張受先、張天如。東浙馮留仙、鄴先❶與之枹鼓相應。皆喜容接後進，標榜聲價，人士奔走輻輳其門。蓬蓽小生，苟能分句讀、習字義者，挾行卷西棹婁江，東放慈水，則其名成矣。然其間模楷之人，文章足以追古作，議論足以僃名教，裁量人物，譏刺得失，執政聞而意忌之，以爲東林之似續也。

當是時，慈水才彥霧會，姜耑愚、劉瑞當、馮玄度、馮正則、馮簹溪諸子，莫不爲物望所歸，而又引旁近縣以自助。甬上則陸文虎、萬履安，姚江則余兄弟晦木、澤望，蓋無月無四方之客，亦無會不諸子相徵逐也。嗚呼，盛矣！

瑞當於諸子中芒寒色正，諸子皆引爲畏友。初與耑愚齊名，坊刻行世稱爲姜、劉。及耑愚登第，又與玄度並稱爲劉、馮。亦猶香山之在唐，初稱劉、白，繼稱元、白矣。交道雖廣，而所至情契不過數人。入閩則友曾弗人、林守一，之宛則結沈眉生、麻孟璿、梅朗三，過檇李則投夏彝仲。其激揚題拂之流，望瑞當娥眉❷天半，不可得而親也。諸從遊先後成進士，至爲天子元老侍從，其下者亦且爲二千石郡縣長吏，獨瑞當蹭蹬老諸生，布衣揖讓於博士前。晚乃以貢待一儒官，胸中不能無芥蔕。友朋高會，瑞當恒坐席端，文虎次之。酒酣耳熱，兩人輒離席長歌，曼聲相和，唾壺盡闕。澤望以盛名爲之壻，瑞當喟然曰：「吾爲同輩架累，置身鑪鞲之上，無乃益彰其老醜耶？」

未幾而南北橫潰，聲實陸沉。交遊事息，返顧閭里，則耑愚、玄度以疾死，留仙、鄴仙以憂死，文虎以刺死，簟溪以兵死，所在情契，鯨鯢相望。瑞當之風波，亦爲里中指名，卽場屋放言、悲歌流涕亦不可復得。乃爲潔供疏告於嘗所往來者，求法書、名畫、古器、奇花，勉强差排，悴然不知有生之樂。發爲詩文，僻思拙句，絶似圭峯積久所得。嗚呼，何其衰也！於是一歲之中，東走訪履安，西走訪余兄弟，必且再三潦倒以洩其耿耿之未下。

戊子夏，瑞當挾其季子、一平頭奴，刺小航浮江而上。颶風失楫，隨波蕩潏而至余家。未幾適甬，越月而以訪黃太沖萬履安兩記來。余頗怪之。瑞當之往來多矣，獨記此何歟？再越月訃至，始知其記之爲永訣也。

瑞當深沉有識。嘗與之謁劉先生，時瑞當北上，先生傳語留仙：「寇深事急，當爲扈從計。」先生不輕談機事，蓋信瑞當之深也。簟溪受禍，親戚不敢過其門。瑞當見其夫人而謂之曰：「今日之事，夫人惟有自盡。吾待命於此。」夫人死，瑞當始出。

瑞當諱應朝，亦字遂當。生於某年某月某日，卒於某年某月某日。世爲慈谿人。六世祖煒，廣東參政。高祖鍇，封山東道監察御史。曾祖士逢，上海丞。祖廷褒，父志冠，封文林郎。妣某氏，封太儒人。娶應氏，繼向氏。子三：長甲，庠生；次有壬；次有丁。女二：長適鄉進士黃宗會，卽澤望也；次適秦某。孫男二：洙、濂。孫女一：溱。

瑞當卒後二十四年十一月二十五日，葬於鄮山飛鳧之原。甲來速銘，曰：「先子心言之托，止有姚江。」余固瑞當之未亡友也，身歷其盛衰。使余不言，溪上之風流，後來無有知之者矣。第瑞當去盛時不遠，尚且精神殞喪，風味轉墜。逮今一世，余皓首而談往事，叨叨不已，聞者得無厭其頑鈍乎？汝甲其深藏之也。銘曰：

汝南月旦，自昔重之；不有君子，孰與主持？唯瑞當甫，遭逢盛時；引繩按墨，不為詭隨。窮島諸生，清議自司；坎壈而死，邪正逆施。斯世何樂，而為君悲；慈水嗚咽，鄮嶺參差。墜言汙履，莫使君知。

❶「鄮先」當作「鄮仙」，參見下文。

❷「娥眉」當作「峨眉」。

南雷雜著 ❶

余若水周唯一兩先生墓誌銘

嗟乎！名節之談，孰肯多讓？而身非道開，難吞白石；體類王微，常須藥裹；許邁雖逝，猶勤定省；伯鸞雖簡，尚存室家。生此天地之間，不能不與之相干涉，有干涉則有往來。陶靖節不肯屈身異代，而江州之酒，始安之錢，不能拒也。吾於會稽余若水、甬上周唯一兩先生有深悲焉。

若水名增遠，字謙貞。曾祖古愚。祖相，肇慶府通判。父幼美，封兵部尚書。尚書五子：長煌，字武貞，天啓乙丑進士第一人；季增雍，太平知縣；若水其中子也，登崇禎癸未進士第，除寶應知縣。劉澤清開府淮南，欲以公禮格郡縣，若水投版棄官而去。畫江之役，補禮部儀制司主事，陞郎中。

唯一名齊曾，字思沂。高祖薇，工部員外郎。曾祖柔，祖煬，父臺。唯一登癸未進士第，除廣東順德知縣。邑中多盜，以爲此飢寒所致，古人社倉之法，意非不美，然而其利易盡。於是變社倉爲義田，而以社倉之法行之可以久遠。又倣「弓箭社」之法，行於西北者行之東南，修飾僕區沈命之術，盜一發即得。攝香山縣。香山與黎人相望一海，土官欲渡海入葬，直指許之，唯一不可，乃止。閩中立國，其首輔香山人，下教有不便於民者，唯一即解職歸。

兩先生之出，俱當兵戈旁午之日。若水無以自見。唯一之所見者，亦小小及民之事，不足以盡其長也。桑海之交，武貞投水死，若水逃山中不出。郡縣逼之入見，若水乃輿疾城南，以待齋斧。久之而事解，聚村童五、六人，授以三字經。晨則秉耒而出，與老農雜作，較量勤惰，未嘗因其貴人而讓畔也。同年生王天錫爲海道，欲與話舊，若水辭以疾，天錫披帷直入，若水擁衾不起曰：「主臣，不幸有狗馬疾，不得與故人爲禮。」天錫執手勞苦，未出門數步，則已與一婢子擔糞灌園矣。天錫遙矚，嘆息而返。冬夏一皂帽，雖至昵者不見其科頭。己酉歲十月十三日卒，年六十五。蓋二十有四年不離城南一步也。

唯一遯入剡源，盡去其髮而爲髮塚，曰：「惟松有聲，可以無哭；惟薤有露，可以無淚；惟鳥石依依，可無吊客。」架險立瓢，榜曰「囊雲」，自稱「無髮居士」。剡源饒水石，與山僧樵子出没瀑聲虹影之間，軍持、不借時掛於萬仞。叢林遂欲以法付之，一笑而已。王天錫求見，唯一止之曰：「烟裏程途，朝不知暮宿所；故人咫尺，舉目有山河之異。」辛亥三月二十日卒，年六十九。

夫斷髮之令，屈以威武，惟死足以拒斷。若水拒斷而不死，非倖也，其心固拚乎一死也。唯一盡斷其餘，不能拒也。然盡斷其餘，非令之有，則猶之乎拒也。其時爲僧者多矣，而嗣僧之法，則無與乎此也。所謂「威武不能屈」者，兩先生庶幾近之。

若水草屋三間，不蔽風雨，以鼈甲承漏。臥榻之下，牛宮鷄塒，無下足處，生人之趣都盡。唯一山林標致，一器之微，亦極其工巧。嘗拾燒餘爲爐，拂拭過於金玉；又得懸崖奇木，製爲養和，坐臥其間。兩先生之不同如此！

若水慨世路之逼仄，遂疑荀卿「性惡」，百王無弊，著論以非孟。唯一機鋒曳電，汪洋自恣，寓言十九，然清苦自立，胸中兀然有所不可。不以牛跡之安途，避亂羣之近憂者，是則同。

若水出崑山朱相國震青之門，唯一出鹽官吳太常磊齋之門，相國則先忠端公之門人也。其淵源有自。

若水疾革，余造其榻前，命兒子百家爲之切脈。若水曰：「某祈死二十年之前，反祈生二十年之後乎？」余泫然而別。唯一未嘗一面，人傳其詩怪甚。僧解齊持一詩來：「愧不悉除鬚髮去，猶留松下一孤身。我來仍喚松爲樹，未必松呼我是人。」余讀之，了不見其可怪也。

若水配姚宜人，子三：金體、金和、金繩。唯一配袁孺人，子四：天行、時行、攸行、中行。庚戌歲，金體介陳天若求銘，余未及爲。後七年，天行介李杲堂求銘，余倣葉水心併誌陳同父、王道父之例，以誌兩先生。同父、道父猶有顯晦之別，若兩先生則屈賈、李杜之同傳。兩家子弟刻於墓，以信德之不孤也。銘曰：

不有死者，無以見道之界。不有生者，無以見道之大。賢生賢死，返之心而無害。

❶ 此書名爲原稿所有。

唐烈婦曹氏墓誌銘

烈婦曹氏，諸生顯洙之女，海寧之黃泥岡人。年十八，歸同邑唐之坦。之坦之父煥，亦諸生也。歸六年而之坦病，烈婦悉賣其簪珥裝奩以佐醫藥，衣不解帶者半載。疾革，謂其夫曰：「君死，我不獨生。」乃營砒霜以待。

丙辰歲九月二十八日，之坦卒。烈婦治喪，製衣衾必有副，家人阻之不得，因斥去其砒霜。烈婦攪石灰爲汁飲之，腹痛而不死。明日，夫將殮，恐死之不及是時也，碎錢爲屑，吞以速之，又不死。夫既殮，而防之者愈虔。烈婦曰：「頃欲與夫同殮，既失此期，何日不可死，而必以今夜乎？」家人信之。人定，烈婦潛起，飲滷升餘，號呼宛轉，毒裂經時，復吐下而解。烈婦曰：「我求死不得，計惟有絕食耳。」不食二十二日，而容貌如故，神理烱然。夜半，啓戶出，投於傍舍池中，久之而家人始覺，出之池，已死，覆以衾而復活。烈婦謂其舅姑及母曰：「大人非愛我，徒苦我也。我志已決，遲速總一死耳。」於是復飲食，起而操作如常，尋剪其機軸，製衣一稱，餘布七尺，有小婢乞之，不與。家人竊議曰：「尺布尙惜，其不死明矣。」

其時庭中蠟梅方開，烈婦視而嘆曰：「昔董節婦有菊花詩，美其不落也。此花亦不落，吾試詠之：『添得冰霜枝葉無，此花自與衆花殊。共知秋菊貞心在，尚有黃梅抱樹枯。』」

十二月望，起而嚴粧，於天、地、影堂、靈座、舅、姑、舅之妹，各設四拜，曰：「婦從此別矣！孝養之願，以俟來生。」家人皆哀慟，烈婦從容自若。從此又不食。除夕得間，取其七尺之餘布，自經夫柩之旁。始知不與小婢之故也。年二十四。許邑侯詣廬祭之，聚觀者數千人，莫不爲之嘆息泣下。

嗟乎！古今死節者多矣，曾未有如烈婦之死而生，生而死，人世痛苦之事備嘗殆遍者。文文山服腦子二兩不死，絕食八日又不死，何意身親見之！此如黃河一瀉千里，非積石、龍門、呂梁之險不足以見其奇。一番求死，一番於爍，天若故遲其死，以極正氣之磅礴。或疑守節爲經，烈婦所爲，似乎賢智之過。夫溧陽女子，一言而沉身；王凝之妻，倉卒而斷臂。古人於生死之際，處之至精，今人見其爲輕耳。承流襲敝，隨地可以解免，名節蕩然，不獨在婦女也。

當烈婦絕食之久，余在講堂，人傳其屬纊臯復，仇滄柱謂吾黨盍及是時爲式閭之事，庶幾死者一聞之也。余與同學二十餘人爲之一往。已聞其入水不死，余恐因吾黨而激之以不得不死，乃與萬國雯、姜西銘致語其舅，言貞之未嘗劣於烈也。是後余返姚江，竟不相聞。今年二月至武林，陳子槩、子文迎謂曰：「烈婦死矣！將死，烈婦謂其舅曰：『吾願見黃先生一拜而死。今已矣。』」嗟乎！風雷雨雪，作於除夕，烈婦之志，可以激天，豈待人激！是則余之陋也。某年某月某日與其夫合葬於某所。其舅求銘，余不得辭。銘曰：

培之厚，藏之密；三尺墳，千年室；記城塚，慎勿逸。

寒食上巳吊唐烈婦同朱人遠、查德尹、宋梅知、范文園❶

相同出郭掛□錢，寒食難逢修禊連。九死不忘吾一拜，八言遂與照千年。桃花不落投繯屋，修竹垂痕溺水邊。不信尋常村落處，便成名蹟共盤旋。

❶ 此詩未收入各種南雷詩文集刊印本。

次葉子吉韻❶

三百五十字，投來自修門。意欲規感興，麗不數文園。誰開場屋眼，而滌濂洛源？讀之再三歎，洗濯出微言。吾聞玉峯麓，莊渠破朝昏。此心爲主宰，猶如砥柱存。瓣香展餘干，千年歸王敦。干城意自遠，碎鉢何足論！一傳爲震川，月脇開九閽。文章以載道，不與江河奔。太史金閶彥，學不離天根。源遠流自長，仁體春風溫。何意罍洗中，有此瑟若璠？念予處幽篁，何得御李君。風期託想像，求日而燭捫。忽望惠新詞，朗月照崑崙。茫然數難端，口吃類子雲。隱公已未來，治亂留其根。何條可設施？慷慨未敢陳。爲學五十年，菽粟眞不分。崇王及賤伯，衆說徒紛紜。當身試證之，不能救巢焚。始信本領闊，寰宇能周巡。不然朱墨間，爲儒恐未眞。所以介子推，抱桂焚於汾。憫予幼失學，患難屢破墳。幽情發思古，面目誠主臣。姑置四海大，未能康一身。密爾文自娛，無以答戲賓。牧豕海上老，所嗟非隱淪。斯民方憔悴，何以返夏殷？聖學將墮地，何以辨朱纁？其責在公等，學優而仕勤。危舉天下溺，無徒門人親。勿令吾鄉校，竊議東海濱。

❶ 此詩已收南雷詩曆，諸刊印本皆改題爲次葉訒庵太史韻。文字亦有改動。稿本詩後有「錢沃心誌、張旦復

母誌、耆舊詩敍、水鏡序、念祖堂記、黃復仲墓表、戎序、宋詩選序、查逸遠誌、與介眉書、子文詩序」等篇題，當是作者選文計畫，因與本詩無關，故不錄附。

節婦陳母沈孺人墓誌銘

海昌多右族，來見者往往爲秦川貴公子，而陳氏其尤也。有陳易字潮生者，愚巾凡裘，抗塵踽踽，若單門寒士，心竊異之。已知爲同門友乾初之從子，歐文忠所謂「循循雅飭，其言談擧止，不問可知爲胡先生弟子」是也，含哀貢誠，丏銘其節母。余讀所爲茹荼錄，節母之所以成就潮生者良不易耳。

節母沈氏，父蘭，妣俞氏。節母在家，即能代母司管鑰，慫其出入，未嘗以纖毫自私。年長，歸陳氏諱祥龍字我旋。我旋貧甚，以諸生授徒於外。節母非膳舅姑，晨炊滅竈，不復更燃，紡織率至鷄鳴。己巳，我旋卒，節母年纔二十九歲，舅姑在堂，三孤在膝，室如懸磬。再易之田，不及餘夫。此時若涉大水，其無津涯，節母何暇言死。舅姑泫然而謂曰：「汝膳老人，不得例娣姒，脫粟寒蔬，取給而已。」節母哽咽不能對。念奈何以吾煢傷大人心，飲食器皿，必精以旨，使舅姑忘其爲艱食也者。與娣姒無間言，而乾初內子尤相左右手，掃室同席，女紅同巧拙焉。其後乾初異居，聞其內子病，匍匐往視，嘗藥摩痛，兼旬了無倦色。潮生稍長，即使其從乾初學。逮潮生學成，即使二弟從之學。三子學不失時，婚不失期。五十年之中，霜淒月苦，不礙其爲蘭森玉茁。再易之田，阡陌不改，未亡人始願不及此。（臨終，謂其子曰：「吾生平目未嘗得乾，指未嘗得閒，以此告無罪於地下耳！」嗚呼，可哀也夫！」❶生於某年辛丑四月十六日，卒於某年甲寅十月初六日，年七十四。以卒後某年合葬某所。子三人：長暘，諸生；次鑛世，次鉉世。孫七人。

從來叙次女婦者，類以比之臣子。然綢繆戶牖之事，與經營四方，果孰難而孰易乎？在四方者其功易著，在戶牖者其勞易忽，故流俗以旌表爲節婦之極致。旌表之在天下，不過百分之一耳。而此一分者，又或以倖而得之。吾於節婦，不信旌表，而信名公之誌傳庶幾得其百一。節母之事，吾能言之，第不知文之可傳否也。銘曰：

以植藐孤，以守宗祊。生不得榮，死不得旌。白楊蕭蕭，猶聞紡織之聲。

❶ 原稿「不及此」句下用省略號表示尚有待補內容，其內容卽「臨終……也夫」三十四字，此三十四字由作者另寫一紙，然被南雷雜著原藏家誤編於范熊巖先生文集序稿後。今據南雷文案初刻本補入於此。

兩異人傳

自髡髮令下，士之不忍受辱者，之死而不悔。乃有謝絕世事，託跡深山窮谷者，又有活埋土室，不使聞於比屋者。然往往爲人告變，終不得免。卽不然，苟延蝣晷，亦與死者無異。鴻飛冥冥，弋者何慕？求其避世之善者，以四海之廣，僅得二人焉。

溫州雁宕山，其頂有宕六七區，雁去來其間，由是得名。有徐姓者，莫詳其名，不肯剃髮，約其宗族數十人，携牛羊鷄犬、菜穀之種、耕織之具，凡人世資生之所需者畢備，攀援而上，剪茅架屋數十間，隨塞來路。去之三十年，其親中曾莫得其音塵，不知其生死如何也。昔陶淵明作桃花源記，古今想望其高風，如三神山之不可卽。然亦寓言，以見秦之暴耳。秦雖暴，何至人人不能保有其身體髮膚？卽無桃花源，亦何往而不可避乎！故是時之避地易，而無有眞避者。今日之避地難，徐氏乃能以寓言爲實事，豈可及哉！

諸士奇，字平人，姚之諸生也。崇禎間，與里人爲昌古社。效雲間幾社之文。兩京旣覆，遂棄諸生，載十三經、二十一史入海爲賈。其時日本承平，懸金購中國之書。士奇至，日本試之以文，善之曰：「自大唐（日本稱中國爲大唐）。之來吾土者，莫不自言爲相公。（相公，諸生之稱）。此乃眞相公也。」三十年不返，族人皆疑其已死。余近遊補陀，僧道弘言：日本有國師諸楚宇，餘姚人也，教其國中之子弟，稱諸夫子而不敢字。嘗一至補陀，年可六十矣。」余因詳訊其狀貌，則楚宇爲士奇之別號也。余嘗友士奇，不知其有異也。使後世而有知士奇者，當有願爲之執鞭者，然則毋謂今人不如古人，交臂而失之，似余之陋也。蜀郡任永、馮信不肯仕公孫述，皆託靑盲，至妻淫於前、子入於井而不顧。余讀史而甚之，以爲何至於是！及身履其厄，而後知其言之可悲也！

諸敬槐先生八十壽序

元末之亂，宋景濂避地流子里，處於陳堂之西軒。堂煦嫗而軫存之，使其忘流離顚沛之苦。景濂叙其交情，宛轉而欲涕。甲寅歲，山寇起，四明山麓數百里皆蕩爲灰燼。余於是奉太夫人渡江而北，諸九徵俾居其東偏之室，朝夕過從，暇則觀海汎湖，尋文正雪湖唱和之詩蹟。每逢節序，則九徵子姓九思、亮工、龍友雜之家人宴中，觥籌交錯；其子姓之內子，事太夫人不一異子婦之事其姑也。九徵有父敬槐先生，尤憐余之羈窮，時時存問太夫人，且時時袖果餌以啖余女孫兩孩。兩孩見先生之來，則鳧藻就之。

夫景濂之周旋於患難者，堂之夫婦二人耳；今以父子兄弟一門之內，歡然共出一心，是堂之所無也。景濂是時三世爲四人耳；余以十口仰賴，使無失所，是又堂之所無也。今山寇已平，言返故盧。五月二日，適當先生八旬大誕。

先生好觀族祖理齋通鑑，余請言今日致亂之故乎：數十年來，人心以機械變詐爲事。士農工商，爲業不同，而其主於賺人則一也。賺人之法，剛柔險易不同，而其主於取非其有則一也。故鑛鉚之藏於中者，今而流血千里矣。饕餮之火，炎而焚舍；踰牆之穢，幻而穿掌；川瀆並決而莫之塞，游豶蹂稼而莫之禁也。是豈一朝一夕之故哉！蓋人心如鏡，今日之禍，影現於鏡中者已數十年矣，又何怪其然乎？先生嘗謂余曰：「胡致堂有言：『天之立君，以爲民也；君之求臣，以行保民之政也；臣之事君，以行其安民之術也。故世主無養民之心，則天下之賢人君子不爲之用，而上之所用者，莫非殘民害物之人矣。』數語可榜朝堂。」嗚呼！今之世向若以先生之心爲心，又何至於如是乎！

昔崑山周壽誼生宋景定中，至洪武五年，年百有十歲，躬逢盛世鄉飲酒之禮，其視元一代之興亡，不啻如燕雀之集耳。先生生萬曆二十四年，至今耳目聰明不衰，將所謂周壽誼者，非其人乎！余感先生之德，尙能如王彝作爲歌詩以告來世也。前兵部職方司郎中兼監察御史眷晚生黃某頓首拜撰。

陳齊莫傳

陳君士京，字齊莫，明之鄞縣人。東浙建義，授兵部職方司主事，監衢州總兵陳六御軍。丙戌夏，入仙霞關，將奏事於延平行在。八月，福州破，百官皆航海。二十八日，君從南臺登舟。十月，羣舟皆泊東石。先是，內院私於平國，啖以閩粵王爵，平國信之，堅意降附。太宰張鯢淵以下皆不可，賜姓流涕而諫，亦不從。會建國扈監國抵廈門，平國令其執之以獻，建國以術免。平國北去。十二月朔，賜姓會文武羣臣於烈嶼，設高皇帝神位，定盟恢復。

丁亥，仍稱隆武三年，羣舟移於南澳，君從之。勤王者遠近至，軍聲頗振。四月，閣部熊雨殷薦君，加授光祿寺少卿。五月，羣舟移屯廈門，賜姓駐鼓浪嶼，設演武場。賜姓奉隆武年號，建國奉監國年號，各不相下。君受知於賜姓，議同稱隆武，合軍略地。從來爲調人，卒不得。七月，賜姓合定國鴻逵軍，圍泉州於桃花山，不克。十月，從路相皓月振飛、曾相二雲櫻議，頒明年隆武四年戊子大統曆，用文淵閣印印之。

戊子正月，君卜居於鼓浪嶼。閏三月，同安、安溪皆下，以吏部主事葉翼雲署同安事。三月，圍南安縣七十日，不克而返。八月，同安破，葉翼雲及鎮將丘進、金裕皆死之。行朝駐蹕端州，君發幞頭門，泛大海，經零丁洋，投詩吊文丞相。十二月朔見朝，重授職方司主事。

己丑正月，行朝黨論方興，左都御史袁彭年、太常寺少卿吏部都給事中丁時魁、兵科左給事中蒙正發、工部左給事中金堡、詹事府禮部右侍郎劉湘客動以臺諫論人，時號「五虎」。大學士朱震青天麟憤激去位。君上疏：「此何時也！曾未見擧朝議何以守、議何以戰、議何以招降，但叨叨汲汲吹求處置於上下大小官僚，刻畫烏紗青紫之間，今日及甲，明日及乙，甲避乙而乙防甲，舍搏擊隄防外，無所事事，臣視之唯有痛哭而已。」自是君亦不安其位，復返鼓浪，海上始稱永曆三年。六月，漳浦守將納款。

庚寅，賜姓在南。

辛卯二月，泉州偵廈門單弱，襲破之。曾二雲自縊。諸紳咸避於浯嶼。賜姓自南至，泉州始退。十二月，攻漳浦，知縣出降。

壬辰正月，海澄守將赫文興擧城降。圍長泰縣，陳督來援，敗之。監國以舟山破，定西扈至廈門，尋居金門。二月，復平和、詔安、南靖三縣，進圍漳州府。七月七日，內司李進忠五人刺陳督，以其首來降。八月，刑部侍郎王虞石至自五指山，言思文在五指爲僧。繼而勅使至，島上一時故臣，皆不能決。九月，金帥援漳，島師失利。

癸巳二月，五指山復遣使來島上存問諸臣，使言思文今離五指，駐平遠縣，將起兵。故臣乃具公疏，請手敕驗視，卒不可得。三月，魯王自去監國之號。五月，金帥以萬騎攻海澄縣，遇伏，大敗。六月，島師南下，會潮州守將郝尚友反正，以定海李孟弢署太守事，其屬縣潮陽、惠來相抗，賜姓赴勦。

甲午三月二十六日，行朝駐蹕貴州隆興所。上以久不得出，私以手勑通西寧。李定國。秦之私人馬吉祥挾威殺大學士吳貞毓以下一十八人。內武臣一、內侍二、四月，新朝割漳、泉、惠、潮四郡地，令島上剃髮，不受。潮州復陷。十一月，賜姓發水陸師，應西寧於粵東。十二月朔，復漳州府。漳屬十縣，降者九，獨龍岩不下。十二日，泉屬七縣，下者六。

乙未正月，破仙游，攻凡半月。二月，議借兵日本，以君為使。不果。四月，援粵東之師失利，統軍者黃梧降級。五月，賜姓祭旗，大演陸師，戈甲耀日，集縉紳觀之。六月，祭海，大演水師。九月，南征，破揭陽、澄海、普寧三縣。命峻揭城，毀澄，普。十一月，舟山巴臣興舉城降。發師已三月，阻風，至是始抵城下。十六日，王子再遣使議和。

丙申正月十一日，始頒永曆十年大統曆，以前年有戎事也。台州守將馬信，棄其城，納降於舟山。二月，降將馬信、馮用、張洪德俱抵廈門，謁賜姓。五月初十日，粵師失利歸，賜姓斬其將蘇茂。茂為舊將，因收恤其妻子。閏五月，改廈門中左所為思明州。六月二十四日，黃梧以海澄叛，知縣王元士從之，協將康雄不從，斷其手，得墜城出。七月初五日，以陳忠勇侯留守思明州，島師北伐，奪閩安鎮，斬其守將胡希孔，生擒百七十餘人。二十三日，戰於南臺，奪橋。又明日，戰於橋北，再勝。二十八日，戰於教場，奪馬二十五匹，擒延平援將張禮。八月初四日，復連江。二十六日，舟山陷，總制陳雪之、英義伯阮季友俱赴海死之。

丁酉二月，賜姓請君及徐闇公、王愧兩忠孝訓其子。三月，魯王在南澳，十二月二十四日，島上火藥局災。

戊戌二月，聞上於丙申春移蹕滇城，西寧知秦人將劫駕出降，故有是擧。西寧封晉王，撫南劉文秀封蜀王，行朝日蹙。賜姓於是遣徐闇公赴覲，從海道由安南入滇。

己亥，賜姓北行抵浙。三月，君卒。六月，魯王遣官祭之。

舊史曰：君自端州返於鼓浪，疊石種花，作鹿石山房，與闇公、愧兩吟風弄月，好爲鵬騫海怒之句，以發洩胸中之芒角。雖參帷幄，蓋未嘗受一事也。故張蒼水過訪詩云：「君因久客翻爲主，我亦同仇況比隣。」則君之在島上，猶管寧之避居遼海也。寧在遼東積三十七年乃歸，君在鼓浪嶼十有四年，卒不返故鄉而死。向使青州有微管之禍，寧亦必不歸也。此君之以寧始而不以寧終者，其所處爲更窮矣！余讀君海年錄而悲之。賜姓經略本末略具，不爲删去，使知海外別有天地也。

錢忠介公傳

錢忠介公肅樂，字希聲，別號虞孫，浙之鄞人也。祖若賡，隆慶辛未進士，知臨江府。臨江三子：長靖忠，舉萬曆戊午鄉試；次益忠，瑞安縣學訓導；次敬忠，已未進士，知寧國府。公，瑞安之子也。母楊氏，繼母傅氏。公登崇禎丁丑進士第。是時場屋之文，雖宗大家而無所根抵。獨公沈湛於大全，以歐、曾之法出之，故一時號爲名家。授太倉知州。二張負人倫之鑒，吏於其邑者，瑕疵立見。公下車未幾，二張交口讚誦。公每謂人曰：「我若得罪天地，當令子孫斬絕。」自揣歸家，量口炊米，裁身置屋，書生門戶，如斯而已。遷刑部員外郎。丁瑞安憂。

浙東議降附。公大會縉紳士子於城隍廟，痛哭敷陳，建立義旅。鄙夫恐爲禍階，陰致書定帥王之仁，謂：「滃滃訾訾，起自一二庸妄書生。須以公之兵威脅之，方可無事。」「庸妄書生」者，指公而言也。已而定帥至寧，陳兵教場，亦受公約，出鄙夫之書洛誦壇上，鄙夫戟手欲奪之，定帥色變，公令之任餉而止。

畫江之守，公分汎瓜瀝，陞都察院右僉都御史，尋陞右副都御史。上言：「國有十亡而無一存，民有十死而無一生。賢人肥遯，不肖攘臂，一也；憲臣劉宗周之死，關係宗社，密章太牢，朝典未備，二也；外戚張國俊，權傾中外，共指神叢，三也；臺省直諫，發言盈廷，無俾羣枉，四也；朝章甲令，委諸草莽，五也；狎邪小人，借推戴以呈身，闒茸下流，冒擧義而入幕，六也；楚藩江干開詔，息同姓之爭，李長祥面加斥辱，七也；咫尺江波，烽烟不息，而越城裒衣博帶，滿目太平，讌笑漏舟之中，回翔焚棟之下，八也；所與托國者，强半弘光故臣，鴟鳥怪聲，東徙尤惡，飛蛾滅燭，至死不改，九也。民爲根本，七月雨水，廬舍漂沒，以水死；西成失望，以饑死；執干戈以衞社稷，以戰死；文武衙門，絳標寸紙，一日數至，以供應死；越人衣食，取辦於舟楫，調發既多，民皆沈舟束手，以無藝死；比戶困於誅求，此營未去，彼營又來，以財死；富室輸財，亦以義動之，非有罪也，而動加搒掠牢囚，以刑死；大兵所過，沿門供億，怒罵及於婦女，以辱死；甲獻乙之貨，丙報丁之怨，百毒齊起，以憂恐死；今竭小民之膏血，不足供藩鎭之一吸，將來合藩鎭之兵馬，不能衞小民之一髮，恐以髮死，十也。若不圖變計，不知所稅駕矣！」

戶部主事邵之詹，畫地分餉，以紹興八邑各有義師，專供本郡，寧波專給王藩。公言：「臣師二千，既無分地，理須散遣。但臣自擧義而來，大恥未雪，終不敢歸安廬墓。散兵之日，單丁入伍，濟則君之靈也，不濟則以死繼之。」

浙師既潰，汎海入閩，思文授以原官。閩亦尋破，隱於福州之化南。上至自舟山，從亡者文臣止熊汝霖、孫延齡，武臣止建國鄭彩、平夷周崔芝，閩安周瑞、蕩湖阮進。汝霖爲東閣大學士，建國署兵部尚書事。公朝見，建國擧以自代，上謂諸臣曰：「江上之師，不能成功，病在不歸於一。」公請以建國爲元戎，諸鎭皆受其節制，則兵出於一矣。又言：「兵貴精鍊。然鍊兵非旦夕事也。今命建國挑選敢死善戰之士，不論某營某營，另爲一軍。自今一切封拜掛印，暫行停止。懸金印於此，令曰：有能將建國挑選之兵先烽破敵者，不論守把等官，以印佩之。」議者曰：「不然。各藩以私錢養其私兵，孰肯令其挑之以去？」公言：「無已則改前法。今自建國以下六大營，每營挑選敢死善戰之士另爲六軍，懸金印六於此，令曰：有能將本營挑選之士破敵者，不論守把等官，各以印佩之。」上以爲然。

自是之後，兵威頗振。上之初入閩也，次中左所。中左所者，賜姓所營之地也。賜姓不肯奉上，以丁亥歲爲隆武三年，故上改次長垣。建國自以其軍連破郡邑，賜姓不與焉。是年十月，公擬詔，頒明年魯三年戊子大統曆，於是海上遂有二朔。時劉沂春、吳鍾巒皆隱遯不起，公疏薦沂春爲右副都御史，鍾巒爲通政司使。又寓書兩公：「時平則高洗耳，世亂則美褰裳，急病讓夷，前哲訓也。司徒女子，猶知君父；東海婦人，尚切報仇。嗟乎公等，忍負斯言！」二公翻然就道，而思文遺臣無不出矣。

戊子，上次閩安鎭，公請立史官。言：「近者主上遣使訪求隆武；又議爲弘光發喪；長樂知縣鄭以佳，科臣劾之，主上憫其清苦，又重違言官，姑降級消息之，旋與湔雪。即此三事，皆可傳遠，豈以艱難遂泯庶績！」晋東閣大學士兼吏部尚書。疏辭者四，面辭者三，上終不聽。與馬思理、劉正亨同入直。當是時，以海水爲金湯，以舟楫爲宮殿，公每日繫河艍於駕舟之次，票擬章奏，即於其中接見賓客。票擬封進，牽船別去，匡坐讀書。其所票擬，亦不過上疏乞官部覆細小之事，大者則建國主之，上亦不得而問也。

先是，大學士劉中藻起兵福安，攻福寧州，將破，其帥涂登華欲降，第謂人曰：「豈有海上天子，船中國公？」公致書謂：「將軍獨不聞有宋末年，二王不在海上，文、陸不在船中乎？後世卒以正統歸之，而况於不爲宋末者乎！今將軍死守孤城，以言乎忠義，則非其人也；以言乎保身，則非其策也。依沸鼎以稱安，巢危林而自得，計之左矣！」登華遂詣建國降。建國欲使其私人守之，劉相不可，建國反掠其地。公與劉相書，每不直建國。建國聞之恨甚。公固有血疾，至是憂憤疾動而卒，六月五日也，年四十三。上遣官致祭，贈太保，謚「忠介」。後六年，而閩人葉進晟葬之黃蘗山。

舊史曰：自會稽而航海者，孫碩膚、熊雨殷、沈彤庵與公四人，皆相行朝。孫殞於滃洲，沈沉於南日，公與熊皆因鄭彩而死。在昔文、謝孤軍，角逐於萬死一生之中，空坑安仁之敗，亦是用兵非其所長，其進止固得自由也。未有一切大臣，聽命於武夫之恣睢排奡，同此呼吸之生死，而蠢然不得一置可否如幕客、如旅人。閩有平國，浙有方、王，海上則建國、賜姓、定西，不啻一丘之貉。公與雨殷，稍欲有所發舒，朝懷異議，暮入黃壚。忠臣之熱血，不灑於疆埸之鐘鼓，日染夫睚眦之干戈。雖由遇此厄會，然推原其故，有明文武過分，書生視戎事如鬼神，將謂別有授受。前此姑置，當其建義之始，兵權在握，諸公皆惶恐推去，不敢自任，武人大君，而悔已無及矣。公之從子魯恭，欲余次之。二十年來乘桴之事，若滅若沒，停筆追思，不知流涕之覆面也。

胡玉呂傳 殘稿❶

武林許光祚自矜書法，求者盈門。光祚乞先生書，先生曰：「余書甚拙，君何求焉。」光祚曰：「書以人重，子之所長，何必在書！」先生曰：「余無所長，但不欲以一字落人間耳。」光祚一笑而止。

及殮，目瞑口闔，不同乎世之爲緇者。此固獨行其願之一徵矣。

❶ 原稿僅存一殘頁，無標題。今查知此頁文字卽南雷文定、文約所收胡玉呂傳之一部分，個別文字不同，蓋係修改所致。今據原稿錄出，補上原篇名。

姚江春社賦 ❶

原夫祠廟之盛，東嶽無兩。固天帝之孫，五嶽之長。而怪書僻說，遂以爲收召魂魄，主帥魍魎。伊黔首之無知，唯禍福之是仰；咸歌舞以接神，杳風雲而肸蠁。至姚江之迎賽，尤人情之狂蕩。

時當暮春，芳草烟交，桃花紅染，柳同心而未折，鸞乍嬌而猶慊。於是金鼓鏦錚，旌旗舒捲。節進退以佛號，聲搖屋瓦；別隊伍於懸燈，走及奔犬。焚香則十里之霧，明燭則列星之閃。儼細柳之軍容，恍上林之敷衍。

城東五里，有廟巍然。十六之日，四方畢瞻。厥隊維百，一隊數千。蓋十萬之人，於此乎周旋。紅塵四合，歌吹沸天，則有漂絮村姬，膏粱纖弱，娣姒乎襄王巫，姊妹乎陳思洛。已捐團扇，不施紺幕；臉汰芙蓉，氣澄蘭蕚；髮光可鑒，流波似鍔；釵則紫玉盤龍，裙則金泥簇蝶；萃蔡之聲，若風度壑。平日紅閨深閉、錦車呵導者，至此而遊人擔夫，不免肩挨而履錯。眞粉黛之如土，目睛爲之銷鑠。

爾乃飛梟競渡，羣龍出戲，五彩陸離，鱗甲鋒利。爭先競捷，濤狂浪厲，隱隱塡塡，亦若風雨之驟至。虞初故事，院本俗演；改陸爲舟，施輪暗轉；孤鶻旦末，樂工不選。乃命稚女充賦，粉兒蒙遺；漚珠槿豔，神心繾綣。

至若夜以繼晝，素月流天；士女雜沓，燈火延連；暗中環珮，陌上金鈿。而江上神燈，復顯異其間；初明滅于空翠，旋繖豔于野田。大炬前導，灼火分傳，若近若遠，若散若聯。聲啾啾而似語，燄冷冷而無烟。昧者以爲神之往來，而不知靈氣之發於山川也。

亂曰：鄭女芍藥，曹玕婆娑，成風土兮。三春花鳥，千古文章，爲藻黼兮。夜月神絃，花風巫鼓，今猶古兮。念哲人之在昔兮，以釀亂爲深憂。余答以無患兮，此不過傖父之春遊。去之四十四年兮，今復見於城陬。悲哲人之箕尾兮，將謂吾何求！

歲丙寅，余以先忠端公入鄉賢祠，寓城東數日，値賽神之會。憶癸未於袁令座上，施忠介公言：「吾姚禮拜，聚衆至于數萬，將有揭竿之變。」余言：「遊人烏合，非白蓮無爲之比。」言猶在耳，忠介已爲千古人物。雖繁華過目，而悽愴滿懷，因爲賦之。❷

❶ 此賦已刊入南雷文定後集卷四、南雷文約卷三及黃梨洲文集，但文字改動較多。今據原稿整理，個別殘損文字則據刊本校補。

❷ 此爲賦序，刊本已移至賦首。

淇仙毛君墓誌銘

君諱雷龍，字二為，別號淇仙，鄞之西關人。少善屬文，長遊庠序。鼎革以後，絕意進取，以山水詩酒自娛。水旱穀價，亦時寄歌謠，以見欣戚。鄉里爭忿，得君一言，即釋然如故。年七十餘，猶苦吟不自休，如有逋責。疾病謝絕醫藥。遺命勿作浮屠事，賦詩一首而瞑。有犂筠詩十卷。

君家貧，不屑治生。角巾深衣，所居隙地纔丈許，遮門修竹數十竿。終日吟嘯其下，不異山中人也。余嘗造之，君以為其子之師，為具雞黍。取其案上之詩，洛誦數篇，竹聲摩戛，風味優長。

古之言詩者，不出賦、比、興三者，詩傳多析言之。其實如庖中五味，烹飪得宜，欲舉一味以名之，不可得也。後之為詩者，寫情則偏於賦，咏物則偏於比，玩景則偏於興，而詩之味亦漓矣。下此則有賦而無比興，顧魯莽於情者之所為也。君詩亦未免偏於賦，則以一室寤歌，師友講究之功淺，即有佳句，亦無有位貌者以為之名，亦可惜也。然觀當世詩家，纔能斷句分章，即爭唐、宋情性理義之具，譁為訟媒，以視君高吟長嘯，筆硯爾汝，以自適其清苦，此真詩之情也，他又何論哉！子文強。銘曰：

是為詩人毛雷龍之墓。

碩膚孫公墓誌銘

順治丙戌六月二十四日，孫公碩膚卒於海外之滃洲，滃洲尋爲界外，殊絕內地。康熙乙丑，還滃洲於定海，其孫訥渡海，載公柩歸葬燭湖，蓋公墓之不作寒食者四十年矣。余與公共事時，脅力方剛，今癃殘頑鄙不死，始得銘公之墓。

公諱嘉績，字碩膚，燭湖先生孫應時之後。五世祖燧，巡撫江西右都御史，死宸濠之難，謚「忠烈」。高祖墀，尙寶司卿。曾祖[金]，上林苑監丞。祖如游，文淵閣大學士，謚「文恭」。父困，工部郎中。妣胡氏、屠氏，俱封太恭人。

公刻苦爲學，業擧子，以才稱。登崇禎丁丑進士第，授南京工部主事。時徐忠襄爲應天府丞，爲公分別邪正，開張聞見，公從捧手而受之。本兵聞其名，調爲職方司郎中。適有風塵之驚，傳城閉壘，皆不測其進止。公曰：「此不難知，當俟後隊南下耳。」既而果然。高奄起潛求世廕，公覆疏格之，起潛恨甚。烈廟於觀德殿較閱軍器，讒之，下獄。會石齋先生逮入，上怒其面折，意欲殺之，廷杖而入獄門。襆被槖裹，一切摭攔，公徹己服用，遇之甚謹。稍間，從而受易。凡與先生通往來者，楊嗣昌皆指之爲福黨，因取同獄黃文煥、文震亨等及公雜治之，多睚眦戟手，以分涇渭。公獨曰：「昔黃霸之在獄中，受經於夏侯勝，史傳以爲美談。今又何必諱乎？」同事者皆愧其言。清獄詔下，司寇徐忠襄遂出公。踰年，起爲九江道僉事，未上而國變。

乙酉，大兵東渡，郡邑望風迎附。然數百年故國，一旦忽焉，當是時，人心恇攘未定，但觀望未敢先發，公方買書築屋，欲老泉石，而書卷橫胸，利害智力倉卒不暇較量。閏六月九日，於空然無恃之中，創爲即墨之守。黃鍾孤管，遂移氣運，東浙因之立國一年，顧不可謂無益興亡之數。血路心程，豈論修短！陳壽即仇諸葛，不能不紀蜀漢；弘範雖逼崖山，不能不稱二王。從來亡社，雖加一日，亦關國脈。此說蓋在成敗利鈍之外者也。當公丁丑赴試，縣令梁佳植夢公廷對第一，榜發不驗。及卒瀫洲，適葬張信墓道之南，信固明初之第一也，前定之矣。東浙歷官左僉都御史，東閣大學士。

公生萬曆甲辰九月十四日，配張氏，封夫人。子延齡，中書舍人，從亡海外，歷官司農。孫男六人：訥，州同知；訓、謂，諸生；誠、謐、詮。孫女幾人，其一嫁太學生黃正誼，即余子也。公詩法王、孟，其文集散失，止存數十首。此外則五世傳贊、存直錄。銘曰：

越唯忠烈，抗節武廟。嘉靖名臣，文恪為邵。萬曆三宰，正色清簡。光、熹之際，文恭是顯。大廈已傾，一木血指。明之世臣，嗚呼孫氏！

蕺山同志考序

楊子曰：「一鬨之市，不勝異意焉；一卷之書，不勝異說焉。」一鬨之市，必立之平；一卷之書，必立之師，故自濂、洛而來，以理學鳴於後世者，雖所得有淺深，考其淵源，如印印泥，不差毫末。即以子夏之賢，言不稱師，曾子聲其罪而責之，況他人乎？蕺山子劉子以清苦嚴毅，疏通千聖之旨，其傳出於德清許司馬敬庵，敬庵師吳興唐比部一庵，一庵事南海湛太宰甘泉，甘泉則白沙陳文恭之弟子也。先生講學二十餘年，歷東林、首善、證人三書院，從遊者不下數百人。然當桑海之際，其高第弟子多歸風節。又先生在當時，不欲以師道自居，亦未嘗取從遊姓氏而籍之。今先生夢奠已經一世，所餘二三皓首龐眉之門士，散在四方，既無所統一，而護車修書之後起，聞風遙集，不得與名劉氏之學。將安仰安放，其歸風節者，天下徒矜其無窮之名，不知學有所本，非直以一時感慨爲諒也。某與某有慨於斯，因作蕺山同志考。

昔錢緒山作陽明先生年譜，立四證以書門弟子：一證於及門之日，一證於奔喪之日，一證於隨地講會之所，其人沒則證之子弟門人。有見其名而不知其人，知其人而未究其學者，皆所不錄。吾先生既不籍從遊，則及門之日無所取證。先生之喪，方當亂離，道路梗塞，亦難以奔喪爲證。其可證者，唯講會之地、問答之書而已，故不得以繙山爲例。乃若不知先生之學，雖在先生門下，所謂見其名知其人者，則以繙山之例例之。及門私淑，分爲二條，故論定灼然，可以爲他日之從祀者，疏其爵里，則大略周海門南都祠志之法也。司馬遷爲孔子弟子列傳，以無關治亂之人而爲之大書特書，君子以爲遷之識見加人一等矣。其不傳孟子弟子，猶爲遺恨，故吳萊有補孟子弟子列傳二卷。趙復作師友圖記朱子門人，見諸登載與得諸傳聞者共五十三人。某嘗考索至三百七十六人，尚有遺者，雖其人未必皆能聞道，然師友之道墜地，所藉爲一髮之繫者，寧不在茲乎！

敕封吳孺人墓誌銘

余既銘朱止溪先生之墓矣，乙丑至海昌，人遠復以母夫人之銘爲請。夫人姓吳氏，父晉陽，楚府長史。母周氏，封安人。夫即止溪，諱嘉徵，叙州府推官。康熙乙丑，年八十四，正月二十七日卒。其子姓詳止溪誌中。

夫人少從父之京師、之楚，又從夫之越，生長華膴。然止溪讀書靈隱山十年，不訾省家事，夫人偕人遠，形影相吊，憂患之味早，麵羹苦薇，落莫如夢中。乙酉，所在盜起，陸讐水慄，夫人三徙其居，與村郊之婦持槖束緼，老穉携挈，遁命於林篟桑塢之下。危迫之中，猶能出姑柩於烈焰。止溪官於蜀中六年，凡故疇新畎，廩假進退，抱孫長息，婚嫁有無，皆夫人十指經營。逮止溪掛冠，篤意著述，巾卷在庭，清談滿座，釜甑盤筵，不唯諾而集。一門之內，男筆生花，女才咏絮，鳩杖所臨，剖甘弄藥，傳之皆爲慧業。

夫婦女約嗇凡用，門庭條序，而詩書之氣不揚，終於埋沒鄙事。孰若夫人，以止溪爲之夫，人遠爲之子，其一言一行，動關彤管，夫人之得於天者厚矣！人遠猶叙事哀苦，孝子之心，眞無窮也。銘曰：

文人之婦，文人之母，足以不朽！

兵部左侍郎蒼水張公墓誌銘

語曰：「慷慨赴死易，從容就義難。」所謂慷慨從容者，非以一身較遲速也。扶危定傾之心，吾身一日可以未死，吾力一絲有所未盡，不容但已。古今成敗利鈍有盡，而此不容已者，長留於天地之間。愚公移山，精衛塡海，常人藐爲說鈴，賢聖指爲血路也。是故知其不可而不爲，即非從容矣。宋、明之亡，古今一大厄會也，其傳之忠義與不得而傳者，非他代可比。就中險阻艱難，百挫千折，有進而無退者，則文文山、張蒼水兩公爲最烈。武林張文嘉、甬水萬斯大與僧超直，葬蒼水於南屏之陰。余友李文胤謂：「文山屬銘於鄧元薦，以元薦同仕行朝也。今行朝之臣無在者，蒼水之銘，非子而誰？」余乃按公奇零草、北征錄及公族祖汝翼世系，次第之以爲銘。

公諱煌言，字玄箸，別號蒼水，宋相張知白之裔也。曾孫集賢修撰龔，自滄州徙平江。集賢子顲，又自平江徙鄞。九傳至景仁，避元末之亂，泛海至高麗，洪武初，始返鄉里。又四傳而張氏以雍睦名，長伯祥，擧成化癸卯賢書；次珽、次玠、次璟，里人以孝友名之。玠生錫。錫生淮。淮生尹忠。尹忠生應斗。應斗生圭章，字兩如，天啓甲子擧人，仕至刑部員外郎，公之父也。妣趙氏，封宜人。

公幼頗跅弛不羈，好與博徒遊。無以償博進，則私斥賣其生產。刑部恨之。然風骨高華，落落不可一世。年十六，爲諸生。時天下多故，上欲重武，令試文之後試射。諸生從事者新，射莫能中。公執弓抽矢，三發連三中，暇豫如素習者，觀者以爲奇。崇禎壬午，舉鄉試。

東江建義，公與錢忠介同事，授翰林院簡討。出籌軍旅，入典制誥。丙戌，師潰，公汎海依肅虜於滃洲。明年，松江吳勝兆反正，公以右僉都御史持節監定西侯軍以援之。至崇明，颶風覆舟，公匿於房師故諸暨令家以免，得間道歸海上。又明年，移節上虞之平岡山寨，與王司馬相犄角。焚上虞，破新昌，浙東列城爲之晝閉。庚寅，滃洲爲行在，公復從之。滃洲墮，扈蹕至閩海。時閩事主於延平，遙奉桂朔。主上爲寓公而已。公激發藩鎭，改鷁首而北之。癸巳冬返浙。明年，復監定西侯軍，入長江，登金山，遙祭孝陵，三軍皆慟哭失聲，燿火通於建業。題詩蘭若中。以上游師未至，左次崇明。頃之，再入長江，掠瓜、儀，抵燕子磯。南都震動，而師徒單弱，中原豪傑無響應者，亦遂乘流東下，聯營浙海。

戊戌，滇中遣使授兵部左侍郎兼翰林院學士。延平北伐，公監其軍，碇羊山。孽龍爲禍，海舶碎者百餘，義陽王溺焉。羊山者，海中小島，羣羊乳其上，見人了不畏避。然不可殺，殺之則風濤立至。軍士不信，執而烹之，方熟而禍作。於是返旆。

明年五月，延平全師入江，公以所部義從數千人並發。至崇明，公謂延平：「崇、沙乃江海門戶，懸洲可守，不若先定之爲老營，脫有疎虞，進退是依。」不聽。將取瓜洲，延平以公爲前茅。時金、焦間鐵索橫江，夾岸皆西洋大炮，炮聲雷鍧，波濤起立。公舟出其間，風定行遲，登梔樓，露香祝曰：「成敗在此一舉。天若祚國，從枕席上過師，否則以余身爲虀粉，亦始願之所及也。」鼓棹前進，飛火夾船而墮，若有陰相之者。明日，延平始至。克其城，議師所向。延平先金陵，公先京口。延平曰：「吾頓兵京口，金陵援騎朝發夕至，爲之奈何？」公曰：「吾以偏師水道薄觀音門，金陵將自守不暇，豈能分援它郡？」延平然之，即請公往。未至儀眞五十里，吏民迎降。

六月二十八日，抵觀音門，延平已下京口。

七月朔，公哨卒七人掠江浦，取之。五日，公所遣別將以蕪湖降書至。延平謂：「蕪城上游門戶，倘留都不旦夕下，則江、楚之援日至，控扼要害，非公不足辦。」七日，至蕪湖。相度形勢，一軍出溧陽以窺廣德，一軍鎭池郡以截上流，一軍拔和陽以固釆石，一軍入寧國以偪新安。傳檄郡邑，江之南北，相率來歸。郡則太平、寧國、池州、徽州；縣則當塗、蕪湖、繁昌、宣城、寧國、南寧、南陵、太平、旌德、貴池、銅陵、東流、建德、青陽、石埭、涇縣、巢縣、含山、舒城、廬江、高淳、溧陽、建平；州則廣德、無爲、和陽。凡得府四、州三、縣二十四❶。江、楚、魯、衞豪傑，多詣軍門受約束，歸許禡牙相應。當是時，公師所過，吏人喜悅，爭持牛酒迎勞。父老扶杖炷香挈壺漿以獻者，終日不絕。見其衣冠，莫不垂涕。公撫慰懇惻，入謁宣聖，坐明倫堂。長吏故官入見，或青衣待罪，或角巾抗禮。公考察黜陟，如州牧行部事。民間不見此儀者，蓋十五年矣。

亡何而金陵之敗聞。公方受新安之降，乃返蕪湖。初，公語延平：「師老易生他變，宜遣諸帥分狥郡邑。留都出援，我則首尾邀擊；如其自守，我則堅壁以待。倘四面克復，收兵磨至，金陵如在掌中矣。」延平不聽，自以爲功在漏刻，士卒釋冰❷而嬉，樵蘇四出，營壘爲空。北帥諜知，以輕騎襲破前屯。延平倉卒移帳。質明，軍灶未就，北師傾城出戰，兵無鬭志，大敗。延平亦遂乘流出海，並徹京口之師而去。公之聞敗也，亦謂大軍雖挫，未必遽登舟；即登舟，未必遽揚帆，必且退守鎭江。故彈壓列城，無有變志。遣人至延平，請益百艘，天下事尚可圖也。已而知其不然。北艘千餘，截於下流。歸路已梗，公以江、楚敗問未至，姑引舟趨鄱陽，以集散亡。

八月七日，次銅陵，與楚師遇，兵潰。有言英、霍山寨可投者，乃焚舟登陸，士卒尚數百人。十七日，入霍山界，縣有陽山寨，寨在山巓，可容萬人，饒水泉，故義師所據，已受招撫，聞公至，拒之。英山有將軍寨，轉而至彼。渡東溪嶺，追師奄至，士卒皆竄。公相依只一僮一卒，迷失道，土人止之。公賂土人爲導，變服夜行。天明而踪跡者衆，導脫身去，踪跡者得賂乃解，然茫然不知去向。念有故人賣藥於安慶之高河埠，求一人導至其所。至則故人他往，而故人之友識公爲張司馬，憐其忠義，導公由樅陽湖出江，渡黃盆，抵東流之張家灘，陸行建德、祁門兩山中。公方病瘧，力疾零丁，至休寧，買棹入嚴陵。浙人熟公面目，改而山行，自婺之東、義出天台，以達海壖，樹纛鳴角，散亡復集。

庚子，駐師林門。辛丑冬，入閩海，遣客羅子木至臺灣，責延平出師。時延平方與紅夷搆難，殊無經略中原之志。公作詩誚之云：「中原方卜鹿，何暇問虹梁？」明年，滇上蒙塵，延平師既不出，公復歸浙海。

甲辰，散兵居於懸嶴。懸嶴在海中，荒瘠無居人，山南多汊港通舟，其陰巉岩峭壁。公結茅其間，從者爲羅子木、楊冠玉，餘惟舟子役人而已。於時海內承平，滇南統絕，八閩瀾安，獨公風帆浪楫，傲岸於明、台之界。議者急公愈甚，係累其妻子族屬以俟。公之小校降，欲生致公以爲功。與其徒數十人，走補陀，僞爲行脚僧。會公告羅之舟至，羅人謂其僧也，昵之。小校出刃以脅羅人，令言公處。擊殺數人，而後肯言，曰：「雖然，公不可得也。公畜雙猿，以候動靜。船在十里之外，則猿鳴木杪，公得爲備矣。」小校乃以夜半出山之背，緣藤踰嶺而入，暗中執公，並及子木、冠玉、舟子三人。七月十七日也。

十九日，公至寧波，方巾葛衣，轎而入。觀者如堵牆，皆歎息以爲晝錦。張帥擧酒屬公曰：「遲公久矣！」公曰：「父死不能葬，國亡不能救，死有餘罪。今日之事，速死而已。」後數日，送公至省，供帳如上賓。公南面坐，故時部曲，皆來庭謁。司道郡縣至者，公但拱手不起，列坐於側，皆視公爲天神。省中人賂守者，得睹公面爲幸。翰墨流傳，視爲至寶。每日求書者，堆積几案。公亦稱情落筆。

九月七日，幕府請公詣市，公賦絕命詩：「我年適五九，復逢九月七。大廈已不支，成仁萬事畢。」遂遇害。子木、冠玉、舟子三人皆從死。子木名綸，句容人；冠玉，鄞人。公生於萬曆庚申六月初九日，年四十五。娶董氏，子萬祺，先公三日戮於鎭江。今以再從子鴻福爲後。公精於六壬，兵屯東溪嶺，占得四課空陷，方大驚而追騎已及。羅舟未返，占課大凶，主有非常之變，徘徊假寐，卒遭束縛。

　　間嘗以公與文山並提而論，皆吹冷焰於灰燼之中，無尺地一民可據，止憑此一綫未死之人心以爲鼓盪，然而形勢昭然者也，人心莫測者也。其昭然者不足以制，其莫測則亦從而轉矣。唯兩公之心，匪石不可轉，故百死之餘，愈見光彩。文山之指南錄，公之北征紀，雖與日月爭光可也。文山鎮江遁後，馳驅不過三載；公自丙戌航海，甲辰就執，三度閩關，四入長江，兩遭覆沒，首尾十有九年。文山經營者不過閩、廣一隅；公提孤軍，虛喝中原而下之。是公之所處爲難矣。公父刑部，嘗教授余家，余諸父皆其門人。至余與公，則兩世之交也。念昔周旋鯨背蠣灘之上，共此艱難，今公已爲千載人物，比之文山，人皆信之。余屈身養母，戔戔自附於晉之處士，未知後之人其許我否也。銘曰：

　　廬陵之祠，四忠一節。文山喟然，俎豆其列。誰冠貂蟬，增此像設？曰惟信公，終焉是揭。西湖之陽，春香秋霧；北有岳墳，南有于墓。公亦有言，窀穸是附。同德比義，而相旦暮。前之廬陵，後之甬水。五百餘年，三千有里。一時發言，俱同讖語。天且勿違，成人之美。

❶按原稿所記二十四縣名有誤，「南寧」屬誤衍，「溧陽」下則脫「溧水」二字，加前述「江浦」則合二十四縣數。參見陳乃乾黃梨洲文集第二〇六頁❸。

❷「冰」，當係「兵」之誤。

張仁庵古本大學說序

癸酉、甲戌間，余與江道闇、張秀初同學。道闇讀書，不求甚解，任懷得意，融然遠寄；秀初讀書，字櫛句比，嘗見其讀三禮、五傳，升降拜跪之細，肴蒸籩豆之煩，時日錯互，地名異同，莫不辨析秋毫，立身制行，粹然儒者之矩度也。當時來學之門人，共建一小樓於南屏之下，余款然良對，間談律呂，因取餘杭竹管肉好停勻者，斷之爲十二律及四清聲，製作精妙。武塘魏子一，吳門薄子珏方講此學，見之推服。

桑海之交，道闇、秀初俱爲法門有力者所網羅。道闇尋謝世。秀初白椎升座，聽講常數百人，諸方所稱仁庵禪師是也。余見之於靈隱，再見之於雲居。仁庵所言惟法門事，不復理經生前說矣。頗爲惜之。

庚申季冬，其外孫鄭春薦出仁庵古本大學說，云是晚年維楊所著，授子止庵，分章斷句，天衣無縫。新建欲復古本，尙在離合之間。此說出，紛紜聚訟，諸義盡墮，然以其出自仁庵，世儒妄橫儒、釋之見，未有不疑之者也。

夫儒、釋之淆亂久矣。儒而不醇者固多出入於佛，而學佛者亦未必醇乎於佛。儒者之道，江河行地，無乎不在；佛法之不能埋沒者，生生□□□□□□□□□□□□[1]。顧視性分、學力二者，性分所至，佛法不能埋沒，往往穿透而出；學力由來，亦非佛法之所能改，此如水中鹽味，濟入河流，夾雜之中，歷然分別，唯知道者能辨之，不爲墉垣膚爪之論所掩蓋耳。仁庵之說，本之生平學力，與釋氏無與也。

仁庵去世，今十有六年，當日小樓已毀，其旁虞氏水閣，無一存者。老梧數樹，僵立冰雪之下；想像舊遊，渺若山河。展讀此卷，神理綿綿，不異同學之時夜半快譚、水鳥驚起也。始知迹像變遷，了不可恃，尋徵冥契，別似有物耳。因序而命春蘐識之。

❶ 原稿「生生」以下缺十六字。通行刊本則並上文之「儒者之道，江河行地，無乎不在；佛法之不能埋沒者，生生」二十二字皆删去。

瘦庵徐君墓誌銘

余客語溪，無山水之觀，而瘦庵爲其子築屋讀書，間或過之。新栽木槿，尙未成行，頗有野外荒涼之趣。其子轅縉、甬上萬公擇朝夕於斯，余題詩壁間，忽忽已二十年矣，猶不忘也。乙丑冬，公擇從語溪來，轅縉乞銘其父之幽石。

君諱駿聲，字楷生，別號瘦庵，宋尙書徐處中之後。南渡徙越，又徙海鹽，至君曾祖祝，始定居於崇德。祖禎。父勳，萬曆丁巳貢生。君起孤童，補博士弟子員。然精心計，通知當世之故。浙西白糧，僉民轉運，縣既役之不均，途中則爲運軍陵鑠，京倉則爲胥吏停勒，充是役者，若赴湯火。以其相沿之久，而莫敢議。有議之者，有司不過檢坐見行條法。君條其利害，所以救之末流者一一精詳。入京上書天子，得旨飭行。族父忠襄公時爲司寇，以是奇之。甲辰，詔下履畝。自萬曆十年以後，丈量久廢，民間無知其法者。君建議：號長主一號之田，都總主一都之號，縣長主一縣之號，但令業主與弓手自丈，立號田畔，〔上之〕號長，號長覆其不實者上之都總，都總又抽覆之，上之縣總，可以不勞而畢矣。縣行其議，而輿論稱平。

夫儒者，類以錢穀非所當知，徒以文字華藻，給口耳之求，顧郡邑之大利大害，一聽胥吏之爲區畫。胥吏慣於古今，既不能知變通之道，即知之，而又利其上下迷謬，可以施其乾沒之智。猛虎在山，藜藿爲之不採。使得如君者落落相望，則天下無不窮之弊矣！

君喜急人之難，蓋其才力有餘，溢而爲此。嘗曰：「使吾不逢喪亂，畢志讀書，所爲寧止是哉！」雖然，今之所謂讀書者，又豈君之所欲乎？

娶潘氏，賦性淡泊，歸君二十餘年，未嘗一服華綺，先君卒。繼田氏，後君卒。君年六十四，卒於康熙壬子十一月一日。子來復、轅珏，皆諸生，早卒；轅縉，諸生；轅紳。壻李湘、王學尹，諸生；陳時宜。孫明樂、明射、明書、明孝、爾強、明禮、明藝、明數、明友。孫女三人。銘曰：

珠在淵而水折，玉在山而石潤，君子之在鄉，齒腐朽以利刃。松耶，柏耶，尚以利其後胤。

嘗讀黃文獻公集，有餘杭徐泰亨者，經理法行，泰亨以書論田不實，役不均之弊，累數千言，列郡所行，一如其言。復以漕事至京師，詣都堂獻書數萬言，條陳漕運之弊，當更張者十事。執政得書，移行省，用其七。何其行事一一如君也？且又皆徐氏，而誌之者又皆黃氏，亦一奇也❶。

❶「嘗讀……奇也」一段，原稿補於銘文之末，南雷文定後集及黃梨洲文集則將該段移至「又豈君之所欲乎」句下，今依手稿原貌鈔錄。

時禋謝君墓誌銘

余讀杜伯原谷音，所記二十九人，崟崎歷落，或上書，或浮海，或仗劍沉淵，寰宇雖大，此身一日不能自容於其間。以常情測之，非有阡陌，是何奇怪之如是乎？不知乾坤之正氣，賦而爲剛，不可屈撓，當夫流極之運，無所發越，則號呼吸拏，穿透四溢，必申之而後止。顧世之人以廬舍血肉銷之，以習聞熟見覆之，始指此等之爲怪民，不亦冤乎？吾於時禋謝君竊有慨也。

君諱泰臻，時禋其字也。謝氏系出平江。建炎二年，宇以邑令家於定海。曾祖維寧，祖大倫，皆贈參政，父渭，四川按察使。妣張氏，封淑人。

君結髮學問，精銳鋒起，足不離戶閾者，載離寒暑。窗外聞人聲，輒以絮塞兩耳，不輕費一卷頃爲洗沐地也。君知天下將亂，又少從按察使與平水藺，於是揣摩兵法，時挾弓矢出東郊，與材官騶發馳逐角勝負，不屑屑於場屋荒速之文。乙酉之亂，東平潰師航海破關，溲牢各邑，所過毀突。君得其要領，結納偏裨，以安比落。浙河不守，翻城放劫，居人潰徙離處，家家有強尸之痛，室室有號泣之哀，而君門宗三百餘口，盡脫虎狼，木主無恙，其倉卒應變如此。嘗著書一卷，秘不示人，曰：「持此以遇聖主，伊、呂事業不難致也。」

故社既屋，入先師廟，伐鼓慟哭，解巾服焚於庭。沉舟之痛，時切於懷，援壁上琴彈之，格格不能成聲，推之而起曰：「人琴俱亡矣！」一日，不知所往。留書几上曰：「兒輩無庸覓我，以從我志。」家人跡之於天童山，趺坐灌莽中，已剪髮爲頭陀。從此蹤跡不定。或雪夜赤脚走數十里，偃臥冰上；或囊其所著書挂於項，登深崖絕巘，發而讀之，聲琅琅應山谷。採烏喙生啖之。如是者四五年，惟恐此形容一日之關於天壤也。順治庚寅八月初六日，蹈海而死，年四十九。

君之行事，頗類谷音中所載皇甫東生。東生性豪蕩，乘小舟，挂布帆，載琴樽書籍釣具，往來江湖。至元丙子，發狂痛哭蹈海。東生亦四明人，山川之靈氣，豈亦有常耶？今夫朋友離別，黯然銷魂，顧君亡國破，世祿之家，悽楚蘊結，不可爲懷，遂絕矍相之跡，人之常情也。而情之至者，一往而深。首陽之餓，已肇其端；蹈東海而死，古人有其言未必有其事，不妨實其事於千載之下，此非常情之所得而限矣。

娶薛氏，禮部尚書文介公三省女，德譽無間言，敕封孺人。君贈監察御史。子曰燕昌、曰胤昌，皆諸生；曰兆昌，由庶吉士改御史。婿曰朱獻臣，曰范兆芝，曰王啓芝，皆諸生。孫曰緒彥，康熙壬戌進士；曰緒章，諸生；曰緒益。君卒後之八年，家人倣扶微宋玉之禮，斂其衣冠，殯而葬焉。又三十年，兆昌介吾友陳介眉來謁銘，余不能辭。銘曰：

父老言：君偶夜出，見二巫鬼於道，叱之而滅。郭外墟墓間，燐火熒熒，人夜行，輒聞有呼之名者。君戲與友約，獨往熟睡至曉，寂如也。嗚呼！忠孝之人，鬼且避之矣。

與徐乾學書❶

去歲得待函丈，不異布衣骨肉之歡。公卿不下士久矣，何幸身當其盛也。今聖主特召，入參密勿，古今儒者遭遇之隆，蓋未有兩。五百年名世，於今見之。朝野相賀，拭目以觀太平，非尋常之宣庥不關世運也。

以近事論之，薛河東之相，不能爭于忠肅之事，頓失民望。許平仲亦不能大有展布，根孤伎薄，不出學堂手段。閣下具司馬公之誠一，寇萊公之剛斷，而濟之以王文正之安和，韓魏公之弘博，從古以來，收儒者之效，非閣下而誰與？

凡宰相之難者有三：時也，主眷也，人心也。方今殺運既退，薄海內外，懷音革狀；皇上仁風篤烈，救現在之兵災，除當來之苦集，學士大夫皆以琴瑟起講堂之上，此時之最難得者也。束修入仕，致位通顯，莫不揣摩容悅，苟且明哲；皇上監理□□□研幾，顧悠悠無所緩急，而閣下忠能動主，簡存□□□□□德，蜀漢之魚水，不加於此矣！□□□□□揮絕俗，變奢從儉，已易吳風，顧田僮灶婦，皆知其出自至誠，□□□□郭子儀在邠州，聞楊綰拜相，座內音樂減散五分之四。京兆尹黎幹出入□□□□是唯留十騎，無他，人信之也。今閣下有其信矣。夫此三者，閣下兼而有也，以之立功，何功不立？以之致治，何治不臻？

然其要以收拾人才爲主。天下不患無才，患無興起之者。然興之者在上，則生民受其福；興之者在下，則老死丘壑而已。古來唯范仲淹能興之於上，以至慶曆之治；程、朱雖興之於下，無裨於救時之數者也。閣下以眞儒實學，居上而激揚之，樹爲數世之用。奚特仲淹之戔戔者哉！

某老生腐儒，空隙一介之知，不足以音塵華嶽，喜而溢之於言，故不能禁也。

別有二事，屬某一人之私，亦不能已於言者：先忠端公祠廟，去冬告成，求閣下碑銘，以垂永久。又小孫黃蜀，餘姚縣童生，稍有文筆。王顓庵公祖歲總科考，求閣下預留一札致之，希名案末。顓老相待甚厚，舐犢之情，實爲可愧。

宋元集略尚未鈔完，然亦不過旬日，即當送上也。只是未曾檢出及留在京邸者，不知何時得以寓目？弟初意欲分叙記各體，以類編纂。既而思之，以爲不可。蓋集中文字亦未必皆佳，只據一集存其大概，使其人不至湮沒。若類編之，則惡文盈目，反足爲累。又未見之集極多，後來見之，又難於插上，不若一人自爲一集，不論多少，隨見隨選，故名之曰宋集略、元集略。先生以爲然否？弟架上亦有百餘集，亦一概鈔出，以請正也。烈女已竟，但未繕寫，當與集略同上。

曹秋老健甚，相別一月，即爾奄忽，人生不可把玩如此！傳聞其藏書盡歸先生，若然，亦是可喜一事。弟雖老病，尚當力疾一讀耳。弟刻下築墓荒山，苦無其力，不知先生於諸門生處稍助一簣乎？聊爾言之，不必然也。

❶ 原稿無題，考南雷文定附錄交遊尺牘徐乾學與黃宗羲書，有「頃接手書」、「先生過爲獎許」、「至以祠碑見委」等語，可知本篇爲宗羲與乾學書。即以此題名篇。

萬祖繩七十壽序

萬貞一從京師致書，屢以其家先生壽序爲請。夫京師，文章之淵藪也。顧沾沾一老生之言，何足爲重輕！豈以其久故歟？

壬申之冬，余始交文虎、履安兩先生。是時祖繩年十六，讀書西皋，蓋所謂「翠竹碧梧，鸞鵠停峙」者也，從錢忠介學制義，稱爲高第弟子。場屋習氣，不用力古作，而更竄易於時文；不訂經史本處，而求故事於時文。祖繩求理於大全，求法於大家，原原本本，當時未之或先也。

逮更喪亂，此志不衰。旌旗亂野，飛火壓城，人方竄針孔以自匿，而祖繩書聲琅琅，猶出戶外，人以此笑之。此一時也。馳驅南北，蕭然四壁，讀書更萬卷，無一字用，乃從道士郎堯生學老氏法。久之，自詫有得，蒙存淺達，誠不如契同、悟眞之有倫脊矣。又一時也。

令子貞一，聘入史館，彌綸一代。一時同被徵者出入靡定，而貞一八年不調，專董其事，天下皆知有萬氏之學。嘗讀宋景濂集，當時所聘修元史者，極天下之選，飲酒賦詩，視之如在天上。（而景濂之父蓉峯處士，一時名公皆有詩祝誦）❶。今日祖繩，即異時之蓉峯處士也。人生文字之榮，得此足矣！而且心源敬一，後來之秀不更一人，萬氏之門，文章風教，爲衣冠顧矚。又一時也。

祖繩亦思七十年來變燧迴星，不過俄頃，而所歷流變如此。去歲過逸老堂，余所選文集，祖繩鈔之等身，余篋中墜落，反從祖繩鈔之。祖繩之好學，不因所歷爲流變。萬氏詩書之澤，當方長而未艾也。

❶自「而景濂」至「祝誦」一句，原稿所無，今據刻本補上。

贈編修弁玉吳君墓誌銘

儒者之學，經緯天地。而後世乃以語錄爲究竟，僅附答問一二條於伊、洛門下，便廁儒者之列，假其名以欺世。治財賦者則目爲聚斂，開閫扞邊者則目爲粗材，讀書作文者則目爲玩物喪志，留心政事者則目爲俗吏，徒以「生民立極、天地立心、萬世開太平」之闊論鈐束天下。一旦有大夫之憂，當報國之日，則蒙然張口，如坐雲霧。世道以是潦倒泥腐，遂使尚論者以爲立功建業，別是法門，而非儒者之所與也。余於吳君爲之三歎！

君諱夢寅，字弁玉。其先有爲宣撫者，隨宋南渡，世居杭之皋亭，後徙石門。曾祖皋岡。祖素庵，嘉靖辛酉舉人。父養素。

君生而穎悟絕人。日覽萬言，未嘗再讀。與妹婿姚納揆同學，指所選時文，一省數十篇，即便背誦，以多寡勝負。姚亦強記，不能不屈服也。一日從吏求訟牒，約千餘言，吏鈐尾示之，索錢而後相授，君已誦之若流，無煩覆視，吏驚爲神。應奉之五行俱下，禰衡之一覽便記，不是過也。

讀書費華陽家塾，同會者十餘人，其文半出君手，風簷信筆，皆有思理。當是時，唯臨川陳際泰，晝日得制藝三十首，士林以爲君似之。然君以爲章句細微，無關輕重，所貴乎學者，必當爲世所倚仗，蟠根錯節，取定俄頃。語溪舉澄社，郁起麟、錢咸皆欲以爲領袖，君雖應之，而未嘗以之標榜也。縣令龔立本豪傑自置，祁忠敏之按吳，每事多咨之。立本知君有當世才具，深相降挹，謂餘子春華，吳君秋實耳。

兵革之際，武人豪健，更相駘藉。邑人睚眦觸死，閉門不保家室。君舉幡入省，落其牙距，武人惶遽請成。君據上坐，談諧間作，弓刀摩戛之間，視若狐鼠。江東衣冠道盡，姦人造作飛條，時時闌及縉紳，鞠躬傲吏之下，狼狽折札之命。君跕身揩定，刪翦疑事，而後此風始息。草搖風動，百毒齊起，君所以破除之者，蓋非一端。有以其急可乘爲言者，君曰：「商賈之事，此言何及於我乎！」君在語溪，吏不得以售其奸欺，往往恨之。往長之千里委命，以情相歸，君照其辛苦，爲之擘畫。於是君游俠之名，聞於郡國。

嗟乎！其才本足以用世。顧束之一鄉，君又不甘自附於閉眉合眼之徒，不得已溢而爲此，夫豈其志之所存乎？是則可哀也已。當宋之亡也，慶元多故公相家，入元爲里胥所躪躒，片紙叱名，立召庭下。視君以布衣雄世，不旣多乎！君起自孤童，纂修世德，準的將來，莫不以至情出之，非徒一往之才也。

以子貴，贈翰林院編修。娶程氏，繼陳氏，俱贈太孺人。生於萬曆丁未二月二十八日，卒於康熙丁巳十月十三日，年七十一。子五人：曰潛、曰濤，皆諸生，先卒；曰渭；曰涵，康熙壬戌進士第二人，翰林院編修；曰淳。女五人，其壻曰潘江；曰蔣爾位，諸生；曰張煌；曰顧朱，崇禎癸未進士，行人；曰顏廣熙，諸生。孫九人：枚、樹、師栻、栒、關杰、祚桓、正榘、師椁、蔚林。孫女六人。曾孫一人，元德。曾孫女一人。

余與錢咸爲友，故得交君。甲申八月，君客吳令吳夢白所，與余輩飲市肆，議論激發，疾呼如探湯，而世無知之者。甲辰，余館語溪，君不一見過，固知鄙余爲行墨之儒。而君亦側身閭巷，耿耿不下者，欲於其子發之。今年丙寅，涵從京師致幣，作書千言，丐余銘墓，其書宛轉凄愴，頗類曾子固與歐陽舍人書。愧余非歐陽，然而不敢不實也。銘曰：

天之生才，元會間氣。大道既蒙，小儒成藝；遂使庸人，充滿斯世；奔車覆舟，茫茫相繼；豈無豪傑，袖手旁睇！惟此豪傑，亦欲一試；斲而小之，鄉邑攸濟。時耶命耶，亦云其志。誰傳龍可，誰錄秦士？後之君子，憑吊雪涕。

雪蓑閔君墓誌銘

余在海昌，得交閔紫瀾。閔氏，湖州華族，而紫瀾清苦自持，無復膏粱餘習。頗疑其特立獨出，不繫於家門。別之七、八年，紫瀾從京師銜痛函書，以其父墓上之銘來請。讀其行略，而後知其學之有本也。

君諱聲，字毅夫，別號雪蓑，原名正中。其先有仕宋爲將仕郎者，自汴南渡，家湖州之烏程。高祖珪，少保，刑部尚書，謚「莊懿」。曾祖聞，贈應天府通判。祖宜力，贈南昌知縣。父友曾，太學生。

君卓犖不羣，爲文芒彩透出紙外，不屑嵬瑣之學。婁東張溥合四方之士爲復社，部分名輩，總覽時才，而君持湖州之管鑰。同郡潘曾紘督學中州，以君自輔，涇渭藝文，去風即雅，固始固儒肆也。君以其文闒茸，與解額者，當只熊奮渭一人耳。劉侗殿於楚試，行卷來謁，君謂曾紘曰：「此奇才也。公可貲之入太學。」熊、劉兩人，卒諧君言。其鑒別如此。

乙酉之亂，羣盜滿山，勢如燎原，而不敢過君之門。鄉人求君紓難，盜聞之曰：「昔黃巾不犯孫期里陌，我獨不然乎？」遂去而他之。

金石變聲，隱閉不關人事，以遺民自置。監司慕而請見，辭阻再三，乃以幅巾詣謁，言談每至薰夕。使君憫其固窮，無從發言。退而歎曰：「琨玉秋霜，不意菰蘆中乃有斯人。」未幾而詩禍作。君好苦吟，與吳敬夫批選唐詩，名嶺雲集。初，南潯莊胤城集吳中人士私纂明史，愚儒暗昧，禍至九裂。奸人因而放手索賂，別生事端。敬夫與聞莊史，其選詩讐較姓氏，有徽人范希曾者，富室也，奸人遂居爲奇貨，以逆案脅之，而君與吳宗潛牽連下獄。司李廖應召惟恐禍之及己也，欲並殺之以自解。君在獄一載，朱墨伊優，與宗潛猶日爲詩自娛。已而獄解。

古人言「詩必窮而後工」，夫所謂窮者，失祿不仕，憔悴江湖之上，亦何至交臂歷指、與囚徒爲伍，其窮者轉而爲禍乎？故人之好詩者，或至有好窮，顧未有好禍者也。然窮者未必能傳，而禍者未有不傳。劉夢得之咏桃，李長源之咏柳，蘇子瞻之烏臺詩案，王盧溪、劉後村、孫花翁諸人之禍，落落古今相望，反以此得名。君即未必好名，而圜中之好詩不減，無乃近於好禍乎？

康熙庚申三月十七日，病將革。其女問之：「胸中清明乎？」張目微笑曰：「方寸豈可使亂！」瞑坐須臾，又張目環視室中，盡豁戶牖，仰視霄漢而卒。距生萬曆丁酉十一月二十六日，年八十四。所著有泌庵小言、無衣吟詩稿並遺文若干卷，藏於家。娶徐氏，繼蔣氏。子曰夢潮，康熙乙卯舉人；曰夢萱，曰夢愷，曰夢雍。壻曰臧肅、陳晃、楊敏。孫曰望，曰如晦，曰弦，曰甘來，曰崑來。銘曰：

莊懿之為司寇，活人無限；君之不死於獄底，其亦天之所眷哉！

朱康流先生墓誌銘

漳海之學如武庫，無所不備，而尤邃於易、曆。三乘易卦爲二十六萬二千百四十四，以授時配之，交會、閏積、贏縮無不脗合。詩與春秋遞爲爻、象，屯、蒙而下，兩濟而上，二千一百二十五年之治亂燎若觀火。其時及門者遍天下，隨其質之所近，止啼落草，至於易〔曆〕，諸子無復著坐之處。相與探天根月窟者，則康流先生一人而已。康成善算，馬融許以登樓；季通精數，文公謂之老友。古人授受之嚴，大抵不能泛及也。漳海致命❶。

先生博稽六藝，各有論著。其言象數，不主邵子之說，別爲先天、後天、八卦圖。以爲諸儒之言易者，詳於所變，而不詳於所未嘗變。變者象也，未嘗變者太極也。時惟適變，道必會通。不察其適變，則微彰剛柔有拘墟之患；不觀其會通，則屈伸往來有臨歧之泣。求諸物而格之，反諸身而體之，究其大要，不越乎知幾、精義二者而已。其言小序，觀亡詩六篇僅存首句，則首句作於未亡之前，其下作於既亡之後，明矣。子由獨取初辭，頗爲得之。又謂鄭詩不特詞不淫，聲亦不淫也。詞正則聲正，詞淫則聲淫，非相離之物。又謂作詩有賦、比、興，用詩亦有賦、比、興。射義：「天子以騶虞爲節，樂官備也；諸侯以貍首爲節，樂會時也。」其指事也切，其取義也直，如作詩者之賦體是也。「大夫以采蘋爲節，樂循法也；士以采蘩爲節，樂不失職也。」以婦女之事喻士大夫，非比乎？以蘋蘩蘊藻之菜，筐筥錡釜之器，感大夫士明信之將，非興乎？辨古文尚書之非僞，謂伏生之書，如堯典、皋謨、洪範、無逸，何嘗不文從字順。至於甘誓、湯誓、牧誓、文侯之命，詞旨清夷，風格溫雅，雜之二十五篇之中，無以辨其爲今文、爲古文也。謂春秋闕文錯簡，不僅「郭公」、「夏五」，觀於日食之先時後時可知矣。論樂者謂調以此始者，必以此終，首尾何聲，即屬何調。先生言誠如是，則宮調之中，商多於宮，可得仍爲宮；商調之中，宮多於商，可得仍爲商乎？蓋調也者，韻也。古人雅淡，不爲繁聲慢詞，大抵一句之終，曳其音以永之而已。

先生之折衷諸家如此，要不盡同於漳海。漳海嘗謂先生曰：「康流沉靜淵鬱，所目經史，洞見一方，苟覃精三數年，雖義、文閫奧，舍皆取其宮中，何必寠人之室乎？」自漳海懸記先生之覃精者近三十年，又何以測其所至乎？

先生諱朝瑛，字美之，姓朱氏，康流其別號也，晚又號罍庵，海寧之花園里人。曾祖侍御某，祖紹皋，父完初，母查孺人。登崇禎庚辰進士第，知旌德縣。期年而以外艱歸。旋遭喪亂，遂不復仕。門戶綢繆，期功縈繞，先生屈其經生之業，以支吾八口，泊然不見喜慍之色，酬對甚簡。相索於經術之內者，惟張子待軒。所著罍庵雜述、金陵遊草，行世。五經略記、文集皆藏於家。生於某年乙巳九月，卒於某年庚戌三月，年六十有六。以弟之子翰思爲後。女三人，查蕙、沈研、周煒其壻也。孫二人：協徵、協記。孫女二人。將葬於葑涇之原，翰思介吾友陸冰修求誌其墓。余丙午歲十一月，同冰修訪先生於家，劇談徹夜，綿聯不休，盡發所註五經讀之，出入諸家，如觀王會之圖。計平生大觀，在金陵嘗入何玄子署中討論五經，至此而二耳。踰年，先生以各經略記首卷見寄，荏苒數年，欲以一得之愚取證，而先生不可作矣。千年之役，固所願也。銘曰：

六經之道，昭如日星。科舉之學，力能亡經。某題某說，主媚有司；變風變雅，學詩不知；喪吊哭祭，學禮所諱；崩薨卒葬，春秋不載；演為說書，蒙存淺達；棄置神理，助語激聒。所以儒者，別開天地：漢註唐疏，宋語明義；百年漳海，破荒而出；象數理學，會歸於一。罍庵老人，入室弟子；削筆洗硯，俗儒心死。漳海之學，不得其傳；葑涇之原，留此一線。

❶ 「漳海致命」四字，今刻本已刪去。

陳乾初先生墓誌銘❶

海昌陳乾初先生卒，其子翼件繫事實，以余爲先生同門友也，丏誌其幽。嗟乎！蕺山諸生，今日凋落殆盡，浙西獨有先生與惲仲昇尚無恙，又弱一個焉。余方有殄悴之歎，何敢辭！

先生諱確，字乾初，初名道永，字非玄。陳氏爲浙西望族，曾祖鳴梧，祖理川，父覺庵，皆世其學。妣葉氏。兄弟四人，先生其季也。幼從伯、仲學舉業，即能過其流輩。已與叔同試於學使者，伯言季文優於叔，先生不悅。案發，叔錄而先生不與，先生悅甚。父兄怪之。先生曰：「吾不欲弟先兄舉也。」黎博庵爲學憲，賞識之，充博士弟子員。許平遠又高第之，廩於庠。劉守雪濤遇以國士。一時聲名藉甚，而先生介然不欲以猪肝累郡邑。劉守知其貧，欲有所贈遺，累問以事，先生輒對曰無。然廉勁疾惡，遇事發憤有大節。

崇禎末，吏不飭簠簋，昌邑橫甚，莫之敢指。先生號於衆曰：「吾邑之人何罪，而使一人橫行於上乎？」同舍生集者數百人，走訴行御史臺。繡斧不聽，沓吏坐先生以罔上。同舍生斷斷不退，沓吏始敗。論者以是比之瞿九思之事。

甲申，與族父令升渡江，受業蕺山夫子之門。潛心力行，以求實得，始知曩日意氣用事，刻意破除，久歸平貼。家庭鄉黨之間，欽爲坊表。故雖事夫子之日淺，而屈指劉門高弟，衆口遙集。晚得拘攣之疾，不下繩床者十五年。

先生天才絕出，書法、篆刻、擘阮、洞簫、彈棋、蹵融、雜技，經手便如夙習。居喪，書孝經百卷，體備晉、唐；截竹，取書刀削之成冠，以變漢竹皮之製；其服也，不屑爲唐以下，突兀遇之寒田古刹之下，不類今世人也。

其學無所倚傍，無所瞻顧，凡不合於心者，雖先儒已有成說，亦不肯隨聲附和，遂多驚世駭俗之論。而小儒以入耳出口者，囂然爲彼此之是非。先生守之愈堅，顧未免信心太過，以視夫儲胥虎落之內閉眉合眼矇矓精神者，則有間矣！夫聖賢精微要渺之傳，倡一而和十，悉化爲老生常談陳腐之說，此先生之所痛也。

余庚寅至杭，從陸麗京案頭見女訓而嗟歎。麗京曰：「此海寧陳乾初先生所著也，余家奉爲玉律。」丙午，余與陸冰修訪之。先生已病廢，劇談終日而精神不衰。聞劉伯繩將葬，先生曰：「吾不能執紼引路，有負亡友！」涕淚爲之交下。時浙西有與伯繩友者，余約之渡江，其人漠然不應。余因歎曰：「人情相懸，固如此哉！」臨別，以所著葬論見示。先生主於族葬，痛世巫之惑人也，讀之凜然。第深埋恐不宜於閩、越，惜未曾與先生細論也。丙辰至海昌，聞先生攣疾如故，私喜話舊有日，先生亦以論學書致余。鄙見不無異同，先生欣然往復。明年將踐前約，而先生厭世矣。余之不得再見先生，寧非恨事！卒之日爲七月二十四，年七十四。娶王氏，先卒二十七年，子二人：長翼，次禾，殀。女一人。孫二人，克鬯、克爽。以其年冬月葬於沈家石橋之西。銘曰：

桑海之交，龍山渠渠。死者開美，生者乾初。死為義士，生為遺民。皆無愧為戢山之徒！

❶ 本文係陳乾初先生墓誌銘初稿，其文字與刊本多異。

范熊巖先生文集序

熊巖先生年七十有五，自集其生平出處：在江右者，謂之事記；不敢居爲政也；歸田以後，謂之枕言，蔬水曲肱之意也；病中所得，謂之痁述，代呻吟也。命其同學某序之。

余維先生以貴公子出而交遊天下，當俊、廚、顧、及之時，振藻揚葩，莫不以風概相與。凡上會稽探禹穴者，多以先生爲主人。流離世故，徘徊幕府，才名爲世所急。黔相將登啓事，先生嗤而去之。楚材晋用，舉孝廉，出宰南康，廉潔不名一錢，大吏依以爲重。每當値季，假館荒廟，孤燈短榻，人無敢干以私者。

兵火之後，絃誦之聲不聞，先生主白鹿洞事，招徠鼓舞，士子風馳雨集，塡溢闕庭。月出季考，弘奬風流，雖樸遬之材，勗以丹霄。論者謂自方山、忠毅以來得再見也。郡有匡廬，爲天下名勝。桑喬記事乃山志中之傑作。從來名章秀句，零落寒烟，僉謂續之非先生不可。一時名公，迄賴以傳。轉廣信同知。九仙山賊亂，單騎入賊巢，諭以禍福，應時解散。鉛山、柘陽諸寨，蔓延江、浙之界，皆以計破除，殲厥渠魁。兩地旣饒名蹟，先生不忍其湮沒，一一爲之修復。於廬山則先聖殿、宗德堂、天章閣，於湖口則石鐘亭，於彭澤則四賢祠，於信州則疊山書院，趙忠定一杯亭，於分寧則濂溪像設，於鉛山則鵝湖書院。虔中爲王文成過化之地，香火特盛，而卒校往來，皆改爲關壯繆。先生磨洗故碑，正其祝版。最❶先生之吏治，雖簿書塵雜，而性託夷遠，斯眞不愧乎名士矣！歸來食貧如寒素，而見一文之善，一事之奇，必感慨而樂道之。平日交遊之投贈，尺素行卷，皆庋藏弗失。每一相思，即爲發視。

余自己丑識先生。庚子，行脚匡廬，山中隱士高僧無不誦先生者，謂吾輩如麋鹿之不可與接。先生之來，不覺嫟就。若他官長至，亦不知何故，俱怕梗避。十年以來，過從尤數，眞誠篤至，友朋中未有過於先生者。陳大士之子以逋糧繫獄，先生惻然，捐俸以出之。王玄趾殉節柳橋，先生立碑其處，過者憑吊。魯季栗杜門寡交，臨沒，託先生以後事。先生爲余述之，老淚縱橫，余亦因之感慟。今之所謂名士者，平居酒食游戲相徵逐，名謂交友。於其緩急生死，截然不置盼睞於其間。乃先生不論友與未友，知其爲名士，山崩鐘應，便欲爲之分痛。如此方可謂之名士，始不以痛飲讀離騷受人輕薄耳。❷

❶「最」字刊本已刪去。

❷原稿後另有一頁，書「臨終謂其子曰吾生平目未嘗得乾指未嘗得閒以此告無罪於地下耳嗚呼可哀也夫」三十四字，當係藏家錯頁所致。此三十四字應屬節婦陳母沈孺人墓誌銘之闕文，今依南雷文案初刻本移補於沈銘。

胡子藏院本序

詩降而爲詞，詞降而爲曲，非曲易於詞、詞易於詩也。其間各有本色，假借不得。近見爲詩者襲詞之嫵媚，爲詞者侵曲之輕佻，徒爲作家之所俘剪耳。余外舅葉六桐先生工於塡詞，嘗言：「語入要緊處，不可着一毫脂粉，越俗，越家常，越驚醒。若於此一恧縮打扮，便涉分該婆婆，猶作新婦少年，正不入老眼也。至散白與整白不同，尤宜俗宜眞，不可着一文字與扭捏一典故事。及截多補少作整句，錦糊燈籠，玉鑲刀口，非不好看，討一毫明快，不知落在何處矣。」正法眼藏似在吾越中，徐文長，史叔考、葉六桐皆是也。外此則湯義仍、梁少白、吳石渠，雖濃淡不同，要爲元人之衣鉢。張伯起、梅禹金終是肉勝於骨。顧近日之最行者，阮大鋮之偷竊，李漁之蹇乏，全以關目轉折，遮傖父之眼，不足數矣。

子藏院本在濃與淡之間，若入詞品，如風烟花柳，眞是當行。其務頭亦得元人遺意。可笑楊升庵以務頭爲部頭，謂「教坊家有色有部，部有部頭，色有色長」，以之訾周伯清。他又何論哉！

壽徐掖青六十序

往余選東浙之文，甬上萬履安首以鶴山七子見示，其一掖青也。庚寅、辛卯間，有明州八家詩選出，而掖青之詩最爲俊拔。掖青亦遂與履安訪余兄弟於黃竹浦。時余四方之交遊方息，其所以慰寂寥者，賴有甬上也。已而掖青移居郊外，間或遊齊、魯。余之甬上，多不相值。近年來，掖青始返故居，相與話舊，風霜荏苒，而髮鬢皆已皓然矣。

當坊社盛時，吾輩翹然各有功名之志，居常如含瓦石，品覈公卿，裁量執政，不欲入庸人小儒之尺度，直望天子赫然震動，問以此政從何處下手。逮勢與願違，赤梢鯉魚，□❶之蠹甕，亦不禁其撥剌之狀。荒臺菀井，哭聲所至，朱鳥飛來，鐵函待後，匹夫煩冤，乾象未嘗不爲之變色也。今也嘆老嗟卑，髮短心長，既無關於經世長民之事，徒黨紙上之枯骨，而爲之奔走服役，茫茫然尚欲計算百世而下，爲班氏之人物表者，不與李、蔡並列，豈非愚者乎！

嗟乎！余與掖青投分以來，年愈進而處愈下，言念身世之故，有不堪回首者矣。然而不可不謂之天幸。同社之士，一時居盛名者何限？往往爲天之所忌，人之所妬，立身一敗，萬事瓦裂，而其間慷慨於事會之來者，又皆下從國殤，寄姓名於談口退筆而已。當年所謂俊、及、顧、廚，復有幾人？鐘石變聲，誰不欲以清流自矢？靖節甲子，依齋易卦，年運而往，突兀不平之氣，已爲飢火之所銷鑠。其聲之悲者，唯恐人之弗聽也；其顏色之淒然者，唯恐人之弗矚也。落落寰宇，守其異時之面目者，復有幾人？掖青始爲名士，繼爲遺民，今儼然又爲世之老成人。其無關於天下者，乃其有關於後世者也。朱子言：「放翁能太高，迹太近，恐爲有力者所牽挽。」處今之世，而得以浮沉陸海、不爲人之所指名，寧詎非幸耶！雖然，掖青之觀於世變已熟矣，審於義理已精矣，當必有以寄其胸中之所獨得。顧未出而相示，豈尚徘徊而未定耶？抑以余不足與於斯事耶？余嘗有詩寄沈眉生云：「書到老來方可著，交從亂後不多人。」余之所致望於掖青者，未嘗不與眉生同也。

❶ 原稿此處有一「淹」字，已涂去，改字未寫全。

諸碩庵六十壽序

當崇禎初，士之通經學古者，其私試之經義，皆標以社名，極衆人之眩曜。三吳、豫章、閩、楚爲盛，東浙三江之限，而二馮開其風氣。慈、甬人士，亦莫不有境外之交。獨姚江中處，以熟爛時文飣餖場屋。是時余學南中，饒士大夫遨遊，與之上下其議論，鄉邑之中未嘗有相應和者。逮丙子、丁丑間，聞有所謂昌古社者，起於邑之海濱，主之者則諸碩庵、諸九徵。雲間聞其才名，招之入幾社。碩庵、九徵因結里中諸子，俱務佐王之學，由是聲譽殷然。余兄弟之交碩庵者始此。

甲申歲，碩庵選文於武林，余寓吳山。念天下之將亂，思欲一試於崩城危障之間，痛飲相勉，豈知一時之爲夢語耶？後二年，余偕燕人王仲撝有事於臨山，碩庵與焉。無幾何，好事者以東林點將錄之目彈射時人，余與碩庵皆不能免。蓋碩庵負氣而多智，雖縛虎之急，其鬱鬱不能平者，時一發見。三十年來，碩庵偃息衡門，與時抑揚，然而世人終不謂其妥帖也。

嗟乎！天生子才，以供斯世。義利雙行，王霸並用，亦惟視時主之所好者而後應之。豈知袖手旁觀，愚巾凡袠，忽焉已老？其出而架漏牽補乎天地者，又非意中摸索之人物。風急天寒，輩行略盡，其所成就凡幾？即在當時坊社名士，標榜氣息，至爲細故，使今日而縛腰扎脚，重將卷軸與後進爭名，豈可復得！

雖然，才不才者人也，用不用者時也。吾聞之，有以用而累其才者矣，未有以不用喪其才者也。客帥陳梧自淛西戰敗，渡海而來，其健兒數百，以掠食爲事。離鄉聚之蒙難者訴於有司，有司不敢受。梧紐淛西之恣，放手無忌。碩庵乘民之忿，以田丁蹙之，陷於淖，死焉。北山之田，受溉於汝仇湖，姦民累欲請佃，當事勿許。季年根括，姦民遂以佃湖之利進，奉旨開爲阡陌。故田待稿，民怨胥結。碩庵獨力措定，姦民卒不得志以去。碩庵雖不用於世，其所論議施設及於人，則皆有位者之事也。向使得盡其才，當何如哉！

癸丑七月某日（似初六日，尚疑，須空二字❶。）爲碩庵六十誕辰。碩庵之子□人（似四人，尚疑，須空一字。）翩翩皆後來之秀，門戶成立，詩書無恙。以視今日故家，困迫有甚編甿者，亦可以慨然於才不才之辨矣。

❶ 原稿此句乃眉批，今移入文中，下同。

山東提督學政副使清溪錢先生墓誌銘❶

昔明道汎濫諸家，出入於老、釋者幾十年，而後返求諸六經。考亭於釋、老之學，亦必究其歸趣，訂其是非。自來求道之士，未有不然者，蓋道非一家之私，聖賢之血路，散殊於百家，求之愈艱，則得之愈眞。雖其得之有至有不至，要不可謂無與於道者也。崇禎間，士大夫之言學者尙廣大，多以宗門爲入處，蔡雲怡、黃海岸、林可任、錢清溪其尤也。雲怡、海岸以節爲顯，終爲綱常人物；可任白椎秉拂，一往不返，清溪未見其止。四先生者，所至各異，其求道之心則一也。

清溪先生諱啓忠，字沃心。錢氏爲鄞中望族，方伯奐而下，五世爲若賡、若選。若賡守臨江，生三子：靖忠，舉人；益忠，訓導；敬忠，知寧國府。益忠之子（肅樂），即忠介❷；若選生二子，長爲先生，次孚忠。

先生登崇禎戊辰進士第。時承逆奄之後，天下書院皆經拆毁，先生上言：「臣觀崔、魏亂政，奄祠遍於天下，乾兒義子，人頭畜鳴，斯孔孟學術一大厄也。三尺童子，猶知笑之，而中朝誦功勸進，轉相效尤者，正以諸臣平日理學不明，不識節義爲何物。但知有身家，不知有君父；但知迎合流俗，不知反照良心。良心泯而道術晦，道術晦而治術隳矣！是故生祠書院相爲貞勝者也。應將已毀書院，盡行修復，此聖政之急務也。」疏出，廷臣皆韙之。

除南康府推官。案無留牘，圜土之中，飢者與食，寒者與衣，疾首與醫藥，民是以不寃。興利除害若嗜慾。郡固有白鹿書院，爲司李職掌。司李多未嘗學問，徒稽其田稅出入而已。先生集士子講學，隨機指點。當其得意忘言，三三兩兩，便覺沂水春風去人不遠。歸宗寺爲紫柏重興，先生刻其集於寺中。憨山葬五乳峯下，其地不吉，先生爲之重卜。有明自楚石以後，佛法中衰，得紫柏、憨山而再振，先生之爲佛氏金湯如此。

改理撫州，尋遷刑部主事。江夏郭昭封官戶部，以草廠事論死。先生以其爲明龍之子，未減得戍。粵中陳秋濤、臨川湯伯開先後建言下獄，抗疏救之，皆得出。丁憂服闋，轉禮部員外郎。山左兵荒，餓殍載道，疏請漕糧十萬石賑之，活者無算。已而提督山東學政，至李家莊，流寇猝至，先生諭之，皆放兵羅拜，則先生昔日所活之飢民也。以詿誤歸，未幾得白。

崇禎癸未八月十一日卒，距生萬曆甲午十二月二十三日，年五十。娶戎氏、李氏、高氏，贈封皆安人。子三人，肅鏘、肅鍠，俱早卒，在者惟廉。女一人，適諸生許曰瑚。孫女一人，字萬世經❸。

先生師事鄒忠介，故其學問源流，多在江右，如顏山農、何心隱，皆嶔崎豪傑，乃弇洲改爰書以爲傳，世遂抹摋。先生理其緒言，刻而傳之。

先生嘗言：「人猶薪也，心猶火也，薪盡火傳。未有薪時，火從何傳？火傳薪盡，薪不續時，火從何往？即是推求此主人翁者，將謂即此昭昭靈靈者是乎？抑離昭昭靈靈而別覓主人翁乎？即昭昭靈靈爲主人，恐認賊作子；離昭昭靈靈爲主人，恐認子作賊；不即不離，又恐賊子莫辨。」先生此言，以儒理詮之，所謂主人者性也，昭昭靈靈者心也。古今無心外之性，世人恒有失性之心，乃孟子不言失其本性而言失其本心，心性之不可相離明矣。然爲宮室妻妾窮乏之心，亦何嘗不昭昭靈靈也，竟以之爲性可乎哉！若在釋氏門中，不過一離四句合頭語耳，未知先生究竟作何會也❹。

吾觀先生當日，朱震青易理隱僻，金伯玉苦身持力，金正希體認靜虛動直。相與水火，醯醢鹽梅，未嘗封域自守也。天假之年，豈復如可任之不反乎？

歲壬午，余在京師，與震青論學，當其險絕處，震青每曰：「吾友清溪曾爲是言矣！」海岸司李寧波，余嘗與之同舟入省，可任有知己之言，伯玉門巷蕭然，曾數過之。先生亦欲過余而不果。

先生卒後三十五年，高安人方卒，廉以某年某月日合葬太白山之麓，手爲行狀，再拜求銘。於時中原之師友盡矣。廉生也晚，不及見此盛時，聊以所憶者語之，當世守其家學也。銘曰：

科名錄位，蝣晷螢光。臯某未復，姓氏已忘。先生之歿，一世之長。學舍為圃，師友劍鋋。嘉言善行，散落四方。亦有後死，掇拾其旁。以慰哲嗣，上下傍惶。此心此理，未嘗滅亡。

❶ 本文從題目到內容與通行刊本文字出入較多。原稿有數處眉批，審其字體，並非梨洲手蹟，當係整理者所加，今不另錄出。

❷ 此句原稿無「肅樂」二字，今據通行刊本補。

❸ 此段「年五十」下四十三字原稿中置於文末「世守其家學也」句下，今據黃梨洲文集本移此，文字仍據原稿不作增刪。

❹ 此段文字在原稿首尾標有刪節號，因未涂乙，故仍錄出。通行刊本中已經刪去。

念祖堂記

吳門周子潔，不見者十餘年矣。丁巳中秋，得其一札，乃爲姜子學在求念祖堂記。念祖堂者，卿墅先生之居也。先生家萊陽，僑寓吳門，不忘其本，故名堂以識之。昔周元公以營道之濂溪，識於匡廬；朱文公以婺源之紫陽，識於崇安，其義一也。然而先生則異於是。當崇禎壬午，小人造爲二十四氣之謠，中傷君子，毅宗入其說，戒諭言官，謂言官論事各有所爲，不出公忠。先生言：「言官不能必其無私，然皇上不可以此厭薄言官。皇上所云『代人規卸，爲人出脫』，何所聞之？豈於章奏知之耶？抑懸揣得之乎？願勿以委巷之言，搖惑聖聰。」上大怒，下之詔獄，密詔令金吾賜盡。金吾漏言，吾夫子面諍於上。上畏清議，止前詔，杖先生百，淹留刑部獄一載餘。甲申二月，遣戍宣州衞。未踰月而京師陷，先生不敢以桑海之故弁髦君命，終身不返故居，卒葬於敬亭。

君子曰：可謂仁之盡義之至也。夫國破君亡，是非榮辱已爲昨夢，先生猶硜硜不變。自常人言之，未有不以爲迂者也。試揆之於義：朝廷無放赦之文，臣子營歸田之計，謂之不違，得乎？故升庵歿於戍所，勢所不得不然；先生葬於戍所，勢可以不然而義所不得不然者也。古人作事，未嘗草草：蘇武十九年而返，奉太牢謁武帝園廟；欒布從齊還，奏事彭越頭下，而後使事告終。先生下窆宣城，而後戍事告終，豈以幽明有間也！是之謂「義至」。南齊華寶父戍長安，寶年八歲，臨別謂寶曰：「須我還，當爲汝上頭。」長安旣陷，父不得還，寶年至七十不婚冠。或問之，輒號慟彌日。毅宗不過期月，必召用先生。毅宗之不得召用先生，猶寶父之不得爲寶上頭也。寶思父而終不忍上頭，先生思主而忍離戍所乎？是之謂「仁盡」。若先生而念其故居，枌社春秋，何所阻隔？行李往來，無人牽挽，悽悽旅人，若有簡書之畏者，蓋安故居則不能安此心，安此心則不能安故居，徘徊兩岐之間，先生之念亦苦矣！豈與周、朱可同論乎！

斯堂也，爲文文肅歌哭之所。余嘗兩至，曲池怪石，今猶在目。文肅爲烏程所忌，先生爲陽羨所陷。亡國之戚，兩相與有力焉。天下之興亡係於一堂，執筆而感慨者久之。

殘稿❶

僧行正結要人自恣，乘水部家難，發其墓域，無敢過而問者。先生曰：「長此不已，楊凴可復生也。」鞭背篆面。郭人感激泣下，曰：「微使君，孰肯施恩於不報之地乎！」

❶ 原稿僅存一頁，無題，可能是某篇傳文的殘稿。文末有「王玄趾、魯季栗」二名，似與本稿無關，故不錄附。

皇明中憲大夫太僕寺少卿贈太常寺卿
松槃姜公墓誌銘

丁酉

予嘗讀本朝奏疏，而歎諸臣之不敬其君也。夫諫者，寧僅行己之言爲得乎？逆料其君不若堯、舜，不能納正言，而以庸人之所共由者庶幾吾君，於是濟以機智勇辨，而行吾之諫。諫即行乎，終將凍解於西而冰堅於東，霧釋於前而雲滃於後，是使其君終身不聞正論也。吾謂諫者，亦唯是堯、舜之所行者，即吾君之所能行也。一時諫或不入，其君終畏其言而不敢自恣，未必不行之於數十年之後，若是者可謂之敬君矣。

神廟時，光宗生，其母無寵。已而福王生，其母鄭氏也，上嬖之甚，嘗於玄帝神前盟曰：「有子則爲后於天下。」書其盟於約，中分之，上藏其半，鄭藏其半，猶流俗之所謂合同者。至是福王生，上傳貴妃鄭氏進封皇貴妃。戶科給事中姜公上言：「禮貴別嫌，事當愼始。恭妃誕育元子，翻令居下，揆之倫理則不順，質之人心則不安，傳之天下萬世則不典，非所以重儲貳、定衆志。如或情不容已，勢不可回，則願首册恭妃，次及貴妃；又下明詔，册立元嗣爲東宮，以定天下之本。」當是時，神宗舍光宗而立福王之意，已沛然莫之能禦，顧一時驟詘於公之昌言，不敢自明，但以疑君賣直謫公。吏科左給事中楊廷相等疏救，不聽。

自公謫後，神宗故緩其册立，初以皇長子質弱爲辭，已又變爲待嫡，已又變爲鋪宮金錢未備，展轉計窮。後公上疏之十五年，爲萬曆二十九年，不得已乃册立光宗爲皇太子，第三子爲福王。四十一年十二月乙巳，神宗索盟書於貴妃，不肯出。明日，又索之，至暮乃出，塵封如故，焚之玄帝神前。辛亥下詔，明年三月丙子，福王就國。蓋數十年間，言國本者旣皆祖公之說，而神宗以天子之威，不敢直行其意，則公之一言足以畏之也。

公諱應麟，字太符，別號松槃，寧之慈溪人。祖槐。父國華，嘉靖己未進士，累官至陝西行省參議。母王氏，封恭人。萬曆十一年進士，選爲庶吉士，改授戶科給事中，謫大同廣昌縣典史。十七年，遷知餘干縣。二十年，丁外艱，服除赴闕。王文肅以三王並封擬旨，擧朝譟之。及文肅請去，公寓書：「爲相公計，可以四年前不出，不可以四年後求去。宜於無事時乞休，不宜於安危時奉身而退。」文肅畏其言而謝之。

同郡沈文恭執政，故暇豫事君者也，往會朝堂，公復以語侵之。故事，小臣隨例補任。文恭語吏部：「姜君姓名，上時置胸臆中。專請乃可。」於是待詔七年，五請而不報。文恭蓋亦畏之矣！

册立命下，公喟然而歎曰：「吾君不難以夜半之泣割，而殉小臣之一言，是誠堯舜之君也。吾又何必出而圖吾君乎！」遂歸。光宗即位，敍國本首功，起太僕寺少卿。吏科薛鳳翔以公禮格之，公亦恥與後進爭用，即乞致仕。

崇禎三年五月初七日卒，距生嘉靖二十五年四月二十四日，年八十五。明年，從子御史思睿請恤，贈太嘗寺卿。十四年，嗣子思簡再請，奉旨予祭葬，錄其子一人。葬邑東北之花盆山。元配劉氏，封恭人，後公三年而卒。子三人：思簡、思素、思復，皆諸生。女五人，皆適士族。孫九人：晉珪、晉琮、晉璸、晉璋、晉璐、晉珙、晉瑛、晉瓚、晉卿。曾孫某。銘曰：

古之君臣，亦惟師友；後之人臣，僕妾奔走。師友之言，春溫秋肅；僕妾之言，屈曲從俗。宋有程子，說書崇政，帝折柳枝，亦告以正。此風邈矣，有君不敬。昔我顯皇，風落山蠱，割臂而盟，證之玄武。侃侃姜公，有道如矢，帝黜其身，其言留只。床第雖安，公言霜雪；山窮水盡，要盟始絕。申、王、趙、沈，僕妾之臣。夫苟法公，何至紛紜！豈為一疏，遂足以傳？期君堯舜，此心萬年。

附：與姜淡仙思簡書

鄙作較舊誌有疏略者，頗有意存。當神宗諭封貴妃之時，中外形迹，尚未甚著。所謂「人情恟恟，道路相驚訛言」，皆後來景象。言之於此，似為太早，反將公先幾之見晦而不彰。故弟於先後形容太過者一概抹却。未上之疏，載其全文已爲非體。且考「其時有次輔沈公鯉」一句，則是辛丑矣。沈公以是年九月入閣，而八月已下十月十五日册立皇太子之旨，安得復進此疏乎？三王並封之議在癸巳，後公疏七年，而銘文叙在投荒之前，亦爲倒置。所稱「念臺先生從諸生時，聞公國本疏，太息加額」。先生生己卯，至丙戌纔八歲，亦不應鑿空如此也。凡碑板之文，最重眞實，而無識者昧然爲之。此弇洲二史考所以不勝其糾繆也。

錢孝直墓誌銘 甲辰

集士子私試之經義而刻之，名之曰社，其事至淺鮮也。相體仁當國，小人之攻東林者，蔓延及於復社，作爲蝗蝻錄，言東林之有復社，猶蝗之有蝻，所以傳衣鉢者也。士子得此，聲價頓高，於是復社之名，儼然如俊、及、顧、廚之在天下。然同社者，從郵筒至致其姓氏行卷、東西南北之人，顧不必相見也。間有學同社之會者，因解試則在省，因歲試則在郡。乃若絕無所因，先期使者四出，速十餘郡之士子，聚於一邑，舟車塡咽，巾履交錯，掃街罷市，置酒高會者，則自語溪澄社始也。主其事者爲郁起麟振公、錢咸子與、呂願良季臣、徐廷獻子謨、孫爽子度，以一邑而奔走十餘郡之士，可謂盛矣。其後十九年丙申，而陸文彬雯若復擧社於其邑如故時。子與之子孝直，又主其事。當是時，前此數子皆物故，存者惟子與而已。以父子而嗣續希有之事，亦不可不謂之盛也。乃未幾而社事罷，又未幾而孝直亦卒，是社事之盛衰，既始終於語溪，語溪之盛衰，又若始終於錢氏之父子也。

余僻處浙河東，當澄社之會，愆期未赴。振公、子與乃渡江就余，爲會於王文成公之第。其刻文也，待余文統出，然後置甲乙焉。丙申之會，余方與麋鹿相接，又不得赴。後八年，余與弟炎晦木、萬言貞一訪子與。至其家，孝直出其詩文，則如怪松怒水，莽無畔岸。又旁習於書畫篆石撥阮洞簫度曲。余勸其刊落衆藝，併當一路。孝直雖然之，余尙恐傷其邁往之氣，旋自悔其失言也。子與指舍後蔬圃而謂余曰：「此二十年前子信宿之所也。去歲爲債家發屋而去。」余曰：「有子也才，此固不足道。」子與釋然喜曰：「半月後隣家芍藥盛開，吾遲子以定兒文也。」余諾之而別。已而余歸，未三月則傳孝直死矣。余愕然久之。豈孝直勇於爲學，如王充所云絕臏於擧鼎者耶？最後得其死狀。孝直病臥書室曰：「吾聞卒於正寢，禮也。」持力而遷之。其婦侍疾，曰：「吾聞男子不絕於婦人之手。」搖手而去之。促筆書曰：「白頭之父未養，黃泉之母未葬，兄弟伶仃，壯志未遂！」書畢乃瞑。嗚呼！孝直其生而近道者耶？抑勉強以行之者耶？蓋不可以坊社中限之矣！

孝直諱行正，姓錢氏，武肅王之後。祖祥，父咸，皆諸生。母吳氏，妻范氏。以再從子重瑞爲後。女眉姑。年十四，補博士弟子。二十二而卒，爲擧社後八年之七月壬辰也。將以某年某月葬於某原，子與令貞一狀之，而求銘於余曰：「庶幾慰余之思也。」劉屏山詩云：「輦轂繁華事可傷，師師垂老過湖湘。縷衣檀板無顏色，一曲當年動帝王。」余敘述當年盛衰之際，且不能不動情，而況於子與乎？吾恐讀之而愈增其思也。銘曰：

苗而不秀，秀而不實。孰封植是？孰斧鑕是？世之為孝直哀者，以其才而未出。吾之為孝直哀者，以其學而未卒。

前鄉進士董天鑑墓誌銘　甲辰

嚴子陵不樂仕進，非曲避以全道也。彼俊、及、顧、廚之黨人，亦未嘗憔悴江海之上。兩者似不相蒙，而君子泝流窮源，以爲東漢之名節始於子陵。萬曆之後，吳中歸季思、張異度、李長蘅皆早謝公車不赴，此是自甘淡薄，亦復何關天下事，人乃目之爲清流。然余觀寧海陳大有，以宋咸淳乙丑進士入元，七十有四，重就鄉試，摧折困踣於場屋，老死而不悔，有不當出而出者，以較可以出而不出者之爲何如耶？

近時之不赴公車者，於吾友中，吳有徐昭法，西浙有汪魏美、巢端明、徐蘭生，東浙有萬履安、顏叙伯、董天鑑。此數子者，其亦可以出而不出耶？抑不當出而不出耶？由是而言，隱逸之爲名節，豈不信夫！丁酉，履安卒，其後四年而天鑑卒，又後二年而叙伯卒，蓋至是而東浙之風流盡矣！

初，先忠端公游學甬上，師張春濤先生。天鑑之父武銘公，乃同門友也，忠端公主於其家。余過甬上，天鑑之昆弟景則、筆公、晋公亦皆以弟畜之，指其所居之樓曰：「此忠端公讀書之所也。」兩家交情若是，竊幸名節之出自吾先友之子也。

君諱德偁，天鑑其字也，別號銘存，漢孝子董黯之後。世家明州。曾祖邦樂，中嘉靖丙午鄉試，知浮梁縣。祖光亨，贈知州。父應圭，即武銘公也，中萬曆己酉鄉試，歷南安、建寧令，知和、易、鄧三州。

君少而詳敏，十一歲，賵公之喪，能任書記之事。稍長，即補弟子員。武銘公在易，值己巳之變。君奔問起居，從一蒼頭蹩躠叢骨中，及郊而雨雹，馬僵僕仆，君頭目皆碎，脫死毫釐間，而君以得覲親爲大喜。前鋒將指易，及河，問此何地也？居民曰：「倒馬河。」帥以爲不祥，去之。已而公遷鄧州，流寇披猖，鄧州被圍，君聞之，見星而行。三晝夜抵五百里，縋城以入。時公以勤勞病革，見君，驚起曰：「吾有城守之責，野死宜也。汝奈何試身不測之險乎？」於是父子相持而泣。公卒官，君扶櫬還鄉，哀感行路。

崇禎丙子鄉試，君在省下，聞太夫人病，徒步而返，至則病愈，又徒步而出，當舉子息影收聲之日，君芒鞋走旱塵赤日者千里，叩鎖院得入，發榜中式，人以爲孝感也。癸未，復中副榜，朝廷急於用人，副榜者奉旨授職，君喟然嘆曰：「吾先公有致治之才，崎嶇於戎馬之地，死而不見敘於考功者，人輕其非進士也。某寧復蹈此乎？」不受而歸。行朝以戶部主事授之，丁憂不赴。自是以後，屏跡海上，簞瓢晏如，酒闌發語，危苦淒切，蓋如是者十有六年而卒，則辛丑四月二十二日也。上遡癸卯三月二十四日，享年五十九。某年某月某日，葬於某處。配范氏，少司馬東明公之孫女。子四人：允瑫、允珂、允瑋、允璘，皆諸生，有能文名。女二人：長適吳道我，先卒；次適徐淵。孫男六人：元嚴、元大、元顯、元容、元懋、元績。孫女二人。

君不爲汎濫之學，鈔書至於等身，詩文主明理適用，亦不以藻飾穠麗爲工也。蓋君之爲人，孝友力行，其家風有人所難及者。君與弟筆公爲孿生，君貧而筆公尤甚。筆公旣病，君之諸子每日以壺酒簞豆進君，君食之，舍其半。俟諸子退，則手揭以就筆公。久而諸子知之，乃先以壺酒簞豆進筆公，而後進君。君始爲之盡器。及君久病，藥餌所需，不下中人之產，諸子赤手罄室，終不使君有傷哉貧也之嘆，則君之所行有以感動之也。

嗚呼！君之名節，豈激揚所至哉！余哭君喪，允瑫以墓銘見屬。明年，使萬貞一以狀來。余曰：「三世交情，在中卽不言，余亦欲敘此一段，使兩家子弟知之。」在中者，允瑫之字也。後四年，始克爲之。銘曰：

修名姱節，孰不樂此？傾壺闞竈，操行乃毀。所以淵明，而咏貧士。卓哉銘存，飢寒沒晷。非無交遊，不通名紙；非無舟車，不渡娥水。董生不遇，已揭前軌。

蘇州三峯漢月藏禪師塔銘　乙巳

古今學有大小，蓋未有無師而成者也。然儒者之學，孟軻之死，不得其傳，程明道以千四百年得之於遺經。董仲舒、王通顧亦未聞何所授受。其弊也，師道不立，微言絕而大義乖。即有豪傑，埋沒於俗學之中，不能自出頭地。

釋氏之學，南岳以下幾十幾世，青原以下幾十幾世，臨濟、雲門、潙抑、法眼、曹洞五宗，皆系經語緯。其弊也，奔蜂不能化藿蠋，越雞不能伏鵠卵者，若敖已餒，同人取吝。以大道為私門、豪傑之士生於其間者，附不附皆不可，擊拳撐脚，獨往獨來，於人世則指為失父之零丁。不然，道既通而後求師，何關於學？為師者又不曰：「弟子之學，於吾無與。」而必欲其舍吾所未及之學。若是者，師之為害於學甚大也。

萬曆以前，宗風衰息。雲門、潙仰、法眼皆絕，曹洞之存密室傳帕，臨濟亦若存若沒，什百為偶，甲乙相授，類多墮竄之徒。紫柏、憨山別樹法幢，過而唾之，紫柏、憨山亦遂受未詳法嗣之抹殺，此不附之害也。其後胡喝亂棒，聲焰隆盛，鼓動海岳，開先從而厭之。既飲荊溪而野祭無祀之鬼，開先亦遂為唐子逋人，此附而不附之害也。三峯禪師從而救之，宗旨雖明，箭瘢若粟，師弟子之訟，至今信者半，不信者半，此附之之害也。

所謂宗旨者，臨濟建立料簡、賓主、玄要、照用、四喝等綱宗，雲門建立函蓋、截流、逐浪等綱宗，以竭棒喝之欺僞，曹洞、潙仰、法眼建立四禁、五位、六相、三昧等綱宗，以竭機語之欺僞，師從寂音遺書悟之。廣陵散之絕久矣，師欲推明絕學，苟爲紫柏、憨山之所爲，念無以顯於天下。太倉慧壽、吳門北禪請師出世，師不正位不登座，曰：「威音已後，不許無師。」儼然而踐其位則未證得，證得得者❶將接跡於世矣。

已而登匡廬，汎沅、湘，獅絃毒鼓，寥寂謂證。密雲悟公以臨濟第三十世開法金粟，師徘迴而就之。雲大喜，上堂告衆曰：「漢公悟處眞實，出世先我，所以屈身來此者，爲臨濟源流耳。老僧從來不易安第一座，今以累漢公。」師請來源，雲曰：「臨濟出世，惟以棒喝接人，不得如何若何，只貴單刀直入。」請言堂奧，雲不應良久，曰：「宗旨太密，嗣續難乎其人，不若已之。」師曰：「不然。黃龍有言：學者欺詐之弊，不以如來知見之慧密煆之，何由能盡？且古人建立宗旨，千牢百固，尚有乘虛接響者混我眞宗。若師家大法不明，無從辨驗，吾宗掃地矣。」遂辭去。雲以源流付師，師不受，曰：「三玄三要，究竟是何等法？法若相符，方敢祇受。」時師已登舟，雨雪未行。雲傳語曰：「吾家以拄杖拂子標題種草，汝將謂別有實法口耳相傳耶？」因問云：「玄要且置，如何是一句？」師答以偈：「雪寒江水冱，此是第一句。團也團不圓，劈也劈不破，滾倒牛角尖，無舌舌頭大，深深深處絕古路。若一行，是門戶；若要行，子非父。問取和尚道一句。」雲又問：「汾陽道三玄三要事難分，如何是難分處？」師又偈：「若落難分處，顢頇未足談；若還分得是，依舊隔千山。意與言，請過關；得而忘，是何顏？粘頭綴尾倒翻掀，大雪滿湖天。」雲又問：「得意忘言道易親，如何是得意忘言處？」師畫⊙相答之，解纜而行。雲又遣人問⊙：「此是圓相耶？三點耶？」師答書曰：「法門建立之密，千古萬古不能撲破，宗旨未破，則臨濟猶生也，豈可以一時舉揚之不易、承接之無人，便欲越過此宗，喜行平易坦途？故覺範曰：『此如衣冠稱孔門弟子，而毀易繫辭，三尺童子皆笑之。』」雲謂齎書一默曰：「我先師不曾說起。彼既知此，彼自行之。」一默謝，行宗旨，受源流以復師。

未幾，應北禪之請，師又上書於雲曰：「藏得心於高峯，印法於寂音，和尚一捧血流，三番火滅，瓣香總炷一爐。」雲答：「祇恐不是玉，是玉貞太奇。」當是時，雲雖有憾於師，心服其英偉辨博非及門所及，姑且牢籠之。而及門者多惡其張皇，讒搆間作，於是有闢妄七書，天下視其師弟子之間若水火焉。然師固未嘗失師弟子之敬，第以法門大事，不欲掩以私恩耳！今之議新會者，謂其從聘君無所得，獨坐十餘年，恍然覺如馬之有勒，其不宗聘君明甚。儒釋同例，則師之齟齬，於師門又何害焉！

師諱法藏，字漢月，號於密，晚改天山，無錫蘇氏子也。父蘭，母周氏。少入鄉校，雨水暴至，失師所在。已而乘大龜出沒濤中，父老奇之。年十五，從德慶院僧爲童子。三年歸家，行冠禮，而後落髮，曰：「出家可細事輕易爲之耶？」嘗自爲懸記曰：「吾四十悟道，踰六十而死。」既而讀高峰語錄，入手恍然如出己口，始破心參究，受小戒於蓮池，受大戒於古心，入海虞、三峯茇舍鹿場，脇不沾席，中夜爲昏沉所苦，小師分香擊板，佛號徹天。每嘆曰：

「吾嘗言四十悟道，今三十有九，徒勞若是，豈終負此語乎？」泣不能禁。明年，同朗泉閉關，交拜之次，痰眩攧身，一睡五日不醒，適牕外植椶，屈竹有聲，師聞若震雷，蹶起枕上，心空際斷，從前文字，但見紙墨，義理了不關懷，端坐終夜，如彈指頃，無思惟中，忽於青州布衫，打失鼻孔，即頌曰：「一口棺材三隻釘，聲聲斧子送平生，自從薤露悲歌斷，贏得朝朝墓柏青。」則萬曆壬子二月初五日也。師猶不敢自足，深研玄要之旨。

又二年，梅花初謝，掩關危坐，不知疽之發背。一日，推牕見黃梅墮地，千門萬戶，即時劃然，取寂音智證傳讀之，不異室中摩頂受記。師道價日高，方外諸老寒灰、聞谷以徑山迎之，憨山亦以歸宗招之，俱謝不往。又十年而後，嗣法於密雲。天啓末，文文肅、姚文毅、周忠介皆得罪奄人，絕交避禍。師在北禪相與鉗錘評唱，危言深論，不隱國是，直欲簒面鞭背，身出其間。其在安隱，始破涕單提，龍象蹴踏，號爲一時之盛，而法門之禍，幾如儒墨相與辯，乃助之者父也。師之不爲緩也亦幸矣。

師八坐道場，常熟三峯、長洲大慈、聖恩、吳江聖壽、杭州安隱、淨慈、無錫錦樹、嘉興眞如，而始於三峯，終於聖恩。崇禎乙亥四月朔，白搥辭衆。七月二十一日，風雨法堂，大木皆拔。初夜，侍者濟曬侍疾，問：「如何是和尙身後事。」師曰：「床頭老鼠偷殘藥，壁上孤燈照舊衣。」漏下二刻，僧問：「汾陽頌直出古皇前，如何是古皇？」師曰：「草衣木食。」頃之跏趺而逝世，壽六十三，僧臘四十五。後四月，窆其全身於萬峰祖塔之左，是夕白虹貫於塔所。門人集其語錄十六卷行世。其得法弟子梵伊致、一默成、問石乘、在可證、頂目徹、澹予垣、剖石壁、于磐鴻、慧刃銛、潭吉忍、具德禮、繼起儲、碩機聖、劉道貞凡十四人，今再傳者亦皆爲世津梁矣。

師儀觀甚偉，其在凈慈時，一時參請入室者聞子將、嚴印持、馮嚴公、張秀初、江道闇，皆義文字之交，故同隊見之。時義好觀宋儒語錄，有言之於師者，師誤爲古德語錄，突然勘辯，義茫然無以應也。師爲之一笑。方丈中時說論語、周易，皆鑿空別出新意，每聽至夜分。後三十有二年，義見儲公於靈岩，出師之年譜、道行錄讀之，謂義曰：「天童師翁塔銘，當時董宗伯所撰，亦未備。子可引前例爲一通乎？」義曰：「敢乎哉！昔柳子厚爲大鑒碑，劉夢得繼之，遂書第二。無已則有斯例在。」乃掇其大者言之，唯宗旨之定，法門之興廢也，故不敢略。銘曰：

在昔宋元，試經得度。法幢相望，緊此之故。有明罷科，所聚貧子。百年粥飯，香燈而止。間生天童，中興象教。婦人孺子，禪悅喜笑。師起三峯，乃獨憂之。綱宗不立，白晝狐狸。遂拔趙幟，立漢赤幟。趙人未盡，環壘而詈。鄧尉偏衣，太湖金玦。五宗之哭師有哭五宗詩。血泪無竭。黠鼠逢猫；偷心不起。所曰綱宗，亦復如是。維彼黠鼠，不生法門。今始贊歎，有五宗原。聖學宗傳，亂於萬曆。東林救之，實維無錫。端文、忠憲，錢氏啓新。巍巍三公，儒者大醇。師生是鄉，亦復是時。砥柱釋氏，天心可知。孰謂嵩高？錫山高只；孰謂海深？梁溪深只。

❶「證得得者」，應依南雷餘集改作「謂證得者」爲是。

附：繼起儲書

讀高文不禁泣下，歎先三峯和尚道高天下古今，乃遭逢艱苦，非親見面目，心手獨詣者，不能傾吐深痛以告夫天下古今也。不孝不揣菲薄，非不欲直揭先師光明心髓，同乎日月，超前耀後，而又每以曲體先和尚千折不磨之孝志，如大論所謂調停忌諱居多。澄江張司農見不孝文字，輒曰：「和尚爲法門宛轉即得，於三峯老和尚塵刹深心，未免沉屈。」今日因高懷激發，覺前言轉深。去夏別時，曾訂木樨香裏放小艇過訪，時以水程阻塞，不能達數行，何論行路！且中回促，聊略未盡胸臆。年譜序高拔出情，總俟塔銘同行世也。

女孫阿迎墓磚

丙午

阿迎者，梨洲老人之女孫也，父黃百家，母虞氏。虞氏家上虞之通明壩，故阿迎生於通明，庚子歲十二月初七日也。壬寅三月歸來，夙慧異常兒，余甚愛之。其在左右，灑然不知愁之去體也。時至書案對坐，弄筆硯，信口咿唔。授以沈龍江女誡，背誦如流水。二三年來，余糊口吳中，朝夕念兒，兒亦朝夕念余，見余歸家，則凫藻躍坐膝上，挽鬚勞苦，曲折家中碎事以告。故家中有事，勿欲使吾知者，必戒無使兒知，恐其漏於吾也。兒嘗謂吾曰：「兒念爺，爺勿出門去。」余應之曰：「爺勿出門，則兒無果餌食矣。」兒曰：「爺在，兒亦不願果餌也。」

今年，余返越城，聞痘疫盛行，恐然怕兒之出。十一月十九日至家，兒迎門笑語，余始釋然。十二月二日，紅衫拜跪上太夫人壽，舉止安詳，一門歡然。初七日，余設餖飣，爲兒作生辰。是晚出痘，至二十日而殤，得年七歲。

哀哉！初壽兒之殤，余亦甚愛之，故無夕不入夢。庚子十月，余遊廬山，距其殤時已五年，來夢於圓通寺。匆匆若告別者，余作詩記之：「圓通亦有重來塔，此意明明不肯灰。」歸家而阿迎生矣。自此，遂不復夢見壽兒，則阿迎爲壽兒之重來無疑也。蓋吾里元時名再生，而圓通又爲道濟禪師重來之地，壽兒現靈於圓通，阿迎應讖於再生，非無故也。獨怪顧非熊以殤兒再生遂得永年，而阿壽之轉阿迎，朝露□□❶，七年旋瞬而失，抑緣分之有淺深與？何其慰余而反毒余耶？解之者曰：「區區女孫，無庸過戚。」老人曰：「余賦性柔慈，朋友一言噓沫，夢寐歷（然）。兒之親吾如是，雖欲忘情，其可得生❷！」

殤後三日，葬之化安山其前母孫氏之側。寒風歲盡，冰雪滿山，與葬壽兒時日風景，秋毫無異也。嗚呼！以余之愚，何煩造化之巧弄如此哉！因以哭兒之詩爲之銘曰：

老來觸事盡無聊，兒女溫存破寂寥。阿壽五年迎七載，如何也算福難銷？其一

十二年中已再世，重翻舊恨作新愁，兩行清泪無多重，流到前痕竟不流。其二

為因望我太頻煩，囑我明年莫出門。我在家中猶未出，兒何夕作不歸魂？其三

出外長將梨棗齎，博兒一笑解雙眉，兒言但得爺長在，不願堆盤吃棗梨。其四

屈指生辰近上弦，紅衫侵曉拜堂前，南窗曝日團圝話，不道居然是別筵。其五

龍江女戒兩三章，曉夜連珠在耳旁，今日廣陵從此絕，散為剡瀑尚悠揚。其六

❶ 原稿「朝露」下二字模糊，刊本改「朝露□□」爲「漚珠槿豔」。

❷ 「生」，刊本作「乎」是。

祭馮韡卿文

蓬山孕靈，大江匯之。鬱為名世，五百之期。偉哉馮公，名宗接武。氣鑠風雲，文轡龍虎。七葉蟬連，爰賁而祖。道德彬彬，為世粉❶黼。

奏對大廷，踔鑠鮮倫。江都之策，通貫天人。爰奉刑書，佐二千石。肺石不號，僕區載直。緇流祥水，黎來文德。帝曰司理，而能而官。治文無害，嚴而不殘。維石頭城，禾盛莠繁。孰司邦憲，厥職維艱。公當其任，刑清政閒。剖符姑孰，騂騂五馬。韭鋤于門，棠芾于野。燃犀見怪，吊詩稱雅。東山之志，在事彌篤。爰屏人榮，式返初服。情逸軒冕，志冥邁軸。黃石弢符，赤松辟穀。

天下慭遺，彤軒遂扃。鄉迷尸祝，國摧典刑。千秋萬歲，悲來填膺。劌劌❷鳳毛，戾于天庭。青箱纘業，朱蹕貤聲。優皆龍鳳，家寶國楨。公施未究，似續崢嶸。惟某早年締交，同趍槐黃。升沉雖異，車笠無忘。申以婚姻，投我明璫。白首一日，歲寒青霜。哀百凡人，巫陽絕侶。風肅繐帷，月沉朱戶。公乎歸來，一聽些語。

❶「粉」，刊本作「黻」是。

❷「劌劌」，刊本作「翽翽」是。

附錄一：黃宗羲晚節不保？

——「黃宗羲討論會」之後的省思

香港中文大學教授　劉述先

去年（一九八六）十月我到寧波去參加國際黃宗羲學術討論會。我去開這個會的原因是我剛出版了一部論梨洲哲學的書（《黃宗羲心學的定位》，允晨），有必要和同行的學者作學術的討論與交流，時間距離上次到杭州去開宋明理學會議已有五年的光陰。在會上遇見了湯一介、張立文諸友好，他們很詫異會在這裏碰到我。會議的氣氛基本上是開放而友好的。主辦的單位主要是由浙江省社會科學院負責，院長沈善洪，副院長王鳳賢，都是杭州的舊識。大會的秘書長是吳光，他是年輕一輩的學者，雖然是初次見面，但因曾彼此通過信，所以不會有陌生的感覺。中國哲學史學會會長張岱年，復旦的前輩學者蔡尚思，也來與會，另外還有來自美國、日本、西德、新加坡的學者，總共一百五十人左右，提交的論文有九十五篇，也算得是一個有相當規模的會議。

五年以來，大陸的學者做了不少工夫。我了解到最大的一個轉變，是推動力不全來自中央而是來自地方；譬如浙江做黃宗羲、湖南做王船山、陝西做張載、福建做朱熹，這顯然是一個好的轉變。浙江的下一個目標，是想舉辦王陽明的會議。照一般官方的說法，陽明既是主觀唯心論者，又曾鎭壓過農民革命，現在似乎都沒有關係了。他們目前強調的是，陽明「心即理」的主張凸出了人的主動性，也有其積極的作用。長此以往，學問的禁區逐漸減少，總是一個可以歡迎的趨勢。提交論文的品質良莠不齊，在哲學的解釋方面缺少根本的突破，我在公開發言時曾經很不客氣地指出，套「唯心」「唯物」的公式所造成的後果，是造成思想上的懶惰。出乎我意外的，在交換意見時，很多學者並不以爲忤，並指出劃分唯心、唯物並未幫助他們解決任何具體的學術上的問題。在資料方面，大陸學者辛勤蒐集，有了不少建樹。就黃宗羲來說，浙江正在出版全集，總共十二册，現在已出了兩卷，附有吳光的「黃宗羲遺著考」，不只考訂了以往的缺失，並且找到了一些新的資料，可能要逼著我們修改過去一般傳統對於黃梨洲持有的形象。其中一個重要的論題是梨洲與清廷的關係，我在會議上學到了很多，在這裏略作批評性的介紹，特別有關梨洲晚節問題，就我自己所了解的，作出一番簡要的綜合與考察。

梨洲的一生可說充滿了傳奇。他父親尊素公是東林黨，爲閹黨所害，後來得到機會平反。他袖了大鐵椎去打害死他父親的太監。他的老師劉宗周則絕食而死。他舉兵反清，一度曾在四明山落草。最後事不可爲，九死一生之餘，終於回鄉奉母，埋首著述，留下了《明儒學案》、《明夷待訪錄》等對後世有深遠影響的大著。他一生拒絕接受清廷徵召，遺命不用棺槨，可以說是一位獨立特行之士。……

但這次在會議上討論得最熾熱的，是新找到的《南雷雜著》手稿裏的一封信，經查無疑爲梨洲眞蹟。信的內容是寫給在清朝出仕的一位居宰相位大官。函內頗多譽揚之詞，對於當時的統治者竟稱「聖主」，而且爲孫兒黃蜀應考加以關說，明言：「舐犢之情，實爲可愧。」這一封信所給予我們的印象，和我們平時所熟悉的梨洲拒仕清朝，表現出民族氣節的剛烈形象，實在是差之甚遠了，難道我們竟要對梨洲的學問與人格，作完全不同的估價？

經過仔細的考察之後，我們認爲，過去對於梨洲的形象，的確不免過分地理想化了。但我們在把梨洲還原成爲一個眞實的人之後，也就不宜過分誇大他的缺點和限制，而應該照顧到梨洲晚年客觀情勢的轉移，的確可以容許他在思想上作出某種相應的變化。通過這樣同情的了解，對於整個情況，才能夠有一平情的判斷。

據吳光的考證，這封未刊書稿是梨洲在康熙二十五年丙寅（一六八六，時年七十六歲）寫給徐乾學的。正因爲內容有些幾近諂媚之詞，所以作者不願將之收入《南雷文定》或《文約》之內，而後人可能爲親者或賢者諱，也都不願提到這封信，所以大家均不知道有這一封信存在。客觀來說，梨洲竟然寫出這樣語氣的信，不免令人遺憾，但信內除溢美之辭外，是否全是違心之論？則又未必盡然。據我推測，梨洲早年從事反清活動，根本沒有時間坐下來細想，滿腦子是夷夏之防一類的思想。但到晚年，反清的事業大勢已去，不可能有成功的機會。康熙無論如何是一位明主，他的表現遠勝過明朝的那些統治者。梨洲既在《明夷待訪錄》痛斥「私天下」的弊害，他本人在觀念意識上並不必忠於一家一姓，而清廷又極力攏絡知識份子，那麼梨洲會對未來抱有新的希望，在態度上有所改變，該是一件很自然的事了。

有一件趣事不妨一記。梨洲在《明夷待訪錄》的「題辭」中說：

「余常疑孟子一治一亂之言，何三代而下之有亂無治也？乃觀胡翰所謂十二運者，起周敬王甲子以至於今，皆在一亂之運。向後二十年交入『大壯』，始得一治，則三代之盛猶未絕望也。……然亂運未終，亦何能為『大壯』之交。吾雖老矣，如箕子之見訪，或庶幾焉。豈因『夷之初旦，明而未融』，遂秘其言也！」

此題辭成於癸卯（康熙二年） 那時梨洲還充滿了希望。但現實則黑暗異常，他曾於南明弘光朝被緝捕，以為弘光帝之荒淫無道可比於商紂，因以箕子自況。辛丑（康熙、順治交替之時）他曾有詩曰：

「一生甜苦歷中邊，治亂循環豈偶然？
曾向曉山推卦運，時從拾得哭蒼天。」

自註謂：「胡翰言十二運得之秦曉山。」

梨洲爲人本不算迷信，然而當國家淪亡之際，不免存有萬一之想。但他的希望終於完全破滅。康熙三十年（一六九一），他作「破邪論」，題辭有曰：

> 「余嘗為《待訪錄》，思復三代之治。崑山顧寧人（炎武）見之，不以為迂。今計作此時，已三十餘年。秦曉山十二運之言，無乃欺人。方飾巾待盡，因念天人之際，先儒有所未盡者，稍拈一二，名曰《破邪》。

梨洲此時已八十二歲，從前依十二運之推算，二十年交大壯之運，如今已三十年過去，並沒有梨洲想像中「思復」之跡象，故謂「秦曉山十二運之言，無乃欺人」。但由此也可得一旁證，梨洲並沒有把眞正的希望寄放在清廷的統治者身上，他當時所謂「如箕子之見訪」，決非指清廷而言，此一公案應可得一了斷。

就梨洲個人的出處來說，他的態度表現得十分明確，他絕不接受徵召，否則等於逼他走上死路。但他等於讓他的兒子百家替代了他，也同意讓他的得意弟子萬斯同以布衣的身分編修《明史》，事實上有關《明史》的編纂，大體上是出於他的規劃與指導。我想他到晚年的態度的確有了改變，他是接受了清廷統治的事實。此所以他並不反對子弟門人去覓取他們自己的前途。然而梨洲以及他的後學，包括全祖望在內，保留了大量晚明反清的史料，這樣的事實是不容抹煞的。他是爲了文化生命的延續而放棄了政治現實的鬥爭，全祖望幾乎譽之爲完人，不免是溢美之詞，但他在學問、人格方面，基本上可以站得住脚，應該是沒有疑問的。而且我懷疑他主觀的心情上，終不免有一種歉疚的感覺。或者正是因爲這樣的原因，他竟自營生壙，中置石牀，不用棺槨，不許厚葬，正如全祖望所說的，「身遭國變，期於速朽」，而選擇要用這麼一種特殊的方式了結他的一生！

當然人活得太老，就不免有些閃失處，像前面提及的「與徐乾學書」，不能不說是白璧之玷。梨洲晚年有些作爲，顯然不能爲死硬派的遺民所贊許，有人就譏刺他攀附權貴，也不能不說是有那麼一點影子爲根據。但梨洲的思想本來就與忠於一家一姓的遺民心態有距離，而且事實上，畢竟他在大節方面沒有什麼殞越之處，那又何必對他過分苛責呢？

與這相關的一個問題是，他和呂留良（晚村）的關係。他們起初訂交，關係十分良好，後來卻完全絕裂，乃至後人互相齟齬，積不相容，這又是怎麼一回事呢？彼此翻臉的近因，照全祖望的說法，是由於兩人合資向山陰祁氏澹生堂購買藏書，發生不愉快的事件；留良使人竊取兩本書，以至二人反目。但這種說法未必可靠。也有人認爲二人的不和，是種因於彼此學術立場的差異，梨洲思想近陽明，而晚村思想近朱子，但這即使是個遠因，也不足以解釋後來彼此間形同敵對的態度。而且有一點應該指出的，晚村年齡雖比梨洲小得多，但從未稱弟子，二人之間始終只是朋友的關係。比較合理的解釋，可能是彼此的政治距離越來越遠。晚村雖曾一度應考，但對於清廷的態度卻越來越仇視，很容易想像他對梨洲晚年妥協的行爲會越來越不滿意。由於這種根本取向的差異，漸漸波及到其他細故，終於到了不可收拾的地步。晚村死後，由於曾靜事件，還不免剖棺受辱，其學派在當時雖有些影響力，以後受到清廷迫害，終於煙消雲散，不免令人爲之太息！……

在開會討論時，《明夷待訪錄》是一個重要的焦點所在。與會的學者並不完全同意《明夷待訪錄》所說的即是現代西方民主的思想，我自己就不同意這種說法。梨洲是要「思復三代之治」，他所說的「無法之法」絕非現代西方法治的思想，不必彼此強加比附。但與會學者都一致同意學術要獨立於現實政治，肯定民主、自由、人權的重要性，而無疑地推崇了梨洲對於啓蒙思想的貢獻。但這一切都發生在當前官方頒布「反對資產階級自由化」的統治思想的綱領以前。我願意在此強調，追求學術獨立與思想自由，絕不是資產階級的特權。……我們應該清楚地體認到，開放的潮流是不容阻抑的，人對眞理的追求不是幾條僵固的教條或原則所可禁錮的。我希望那些抓尙方寶劍的人，在用自己所掌握的權力時，應有必要的警惕與戒懼。

（原載臺灣《文星》月刊一九八七年四月號，本書收錄時略有刪節。）

附錄二：黃宗羲反清思想的轉化

——「與徐乾學書」的考證與說明

吳　光

一九八四年春，我從上海圖書館珍藏的《明黃宗羲〈南雷雜著稿〉眞迹》中，發現了一篇從未經人提及、也未刊印發表的黃宗羲書函草稿，感到十分慶幸。

這篇書稿的內容反映了黃宗羲後期思想的重要變化。衆所周知，當明朝滅亡、江南人民抗清鬥爭失敗之初，黃宗羲滿腔悲憤，寫下了具有強烈反清的民族主義精神的《留書》（寫于順治十年）和嚴厲批判封建君主專制、具有早期民主啓蒙主義傾向的《明夷待訪錄》（寫于康熙二年）。他在《留書》中稱清朝爲「僞朝」，稱清統治者爲「虜酋」，在《明夷待訪錄》中喊出了「爲天下之大害者君而已矣」的反專制口號。以後他長期以「亡國之遺民」自居，拒不與清廷合作，銳意于著書講學。但到晚年，他在康熙皇帝籠絡漢族知識分子政策的感召和清政權內漢族大官僚的拉攏下，其反清、反專制的觀念確實淡化了，人們從他後期的一些詩文如「次葉訒庵太史韵」、「次徐立齋先生韵」中已略知端倪。但最集中、最明顯地反映他後期思想變化的，莫過于這封未刊書函草稿了。原稿無題，將它與其他多種梨洲手稿眞迹比較，可以斷定是黃宗羲親筆遺墨。信是寫給一位清朝大臣的（據我考證是徐乾學），且不說梨洲先生試圖走後門爲孫子謀取科舉考試的榜上之名，僅就他對康熙皇帝和寫信對象的極口讚頌就可說明問題了。他在信中稱讚康熙皇帝爲當今「聖主」，讚揚「皇上仁風篤烈，救現在之兵灾，除當來之苦集」，又稱讚對方受到重用是「古今儒者遭遇之隆，蓋未有兩；五百年名世，于今見之」，期待對方能像古之名相司馬光、寇準、范仲淹那樣「收儒者之效」，以「立功致治」，還提出了「其要以收拾人才爲主」的政策建言，這無異于向清廷「上條陳」了。本文對作者晚年思想變化的性質暫不評價，僅就與書函有關的兩個問題作些考證。

第一，寫作時間問題。文中提及的事情有：「先忠端公祠廟，去冬告成」；「王顓庵公祖歲總科考」；「曹秋老健甚，相別一月，即爾奄忽」；「弟刻下築墓荒山」。據此可考定寫信時間。

據《南雷文定》所載「重建先忠端公祠堂記」和「遷祠記」，忠端祠始建于崇禎五年（一六三二年），後毀于兵火。康熙二十四年冬至二十五年初（一六八五～一六八六），提督浙江學政王掞（號顓庵）視察浙東，倡議修復忠端公祠，祠落成于丙寅（一六八六）年二月。《南雷詩曆》卷四丙寅年詩也載有「先忠端公祠堂落成王明府嵩伊命廣文沈令辰攝二月丁祭」詩五首。

據《清史列傳》卷七十八「曹溶傳」，曹溶（字秋岳，故宗義尊稱爲曹秋老）是浙江嘉興人，康熙二十四年（一六八五）卒于家。

據《南雷詩曆》五卷本（即全祖望選定本）甲戌年（康熙三十三年）詩有「示百家」二首，內有「築墓經今已八年」句，由此上推整八年爲丙寅歲即康熙二十五年。同書丙寅年詩有「剡中築墓雜言」十一首，內有「滿溪明月浸桃花」、「層層寒翠鎖山隍」之句，說明築墓時間在該年春天，與「示百家」詩所記時間相合。（光按：《南雷詩曆》卷四將「剡中築墓雜言」繫于丁卯年，黃百家「梨洲府君行略」、全祖望「梨洲先生神道碑文」、黃炳垕《黃梨洲先生年譜》皆將築墓之年繫于戊辰即康熙二十七年，頗多矛盾，當係百家誤記。或築墓始于丙寅、成于戊辰？今取丙寅說。）

綜合上述，梨洲信中所謂王顓庵「歲總科考」、「弟刻下築墓荒山」之時，當指康熙二十五年丙寅歲，這篇佚文的寫作時間應是該年春天。而信中所謂「先忠端公祠廟去冬告成」，當指上一年始議修祠之時，或者爲了求取碑銘而故意將祠堂落成時間說得早一些。

第二，致函對象即收信人的問題。從信中口氣看，信是寫給一位新任「宰相」的內閣大臣的。在一般情況下，「宰相」應是內閣大學士。查考梨洲著作和《清史列傳》，在梨洲生前當過大學士且又與曹溶關係密切的只有徐元文。但元文升任文華殿大學士是在康熙二十八年五月，而信寫于二十五年春（至遲是二十六年春），這時元文擔任內閣學士兼明史監修總裁官，但並非新任，談不上「聖主特召，入參密勿」，所以不大可能是寫給徐元文的。唯一夠條件的收信人，我認爲是徐元文的兄長徐乾學。證據有四：

一、據《清史列傳》卷十「徐乾學傳」載：乾學于康熙二十一年充明史總裁官，二十三年遷侍講學士，「二十四年正月，召試翰詹諸臣于保和殿，乾學列上等第一。諭獎乾學……等五人學問優長，文章古雅，優加賞賚。乾學旋奉命直南書房，擢內閣學士，充《大清會典》、《一統志》副總裁，教習庶吉士」。這差不多當得上「今聖主特召，入參密勿。古今儒者遭遇之隆，蓋未有兩」了。

二、據《黃梨洲文集》附錄「交遊尺牘」（原載《南雷文定》康熙刻本）之二十四，有徐乾學與黃宗羲書，稱「頃接手書……先生過爲獎許，殊不敢當。至以祠碑見委。斯事體大，又難勝任」，這與宗羲信中「求閣下碑銘，以垂永久」的請求相符。

三、今存徐乾學撰《憺園集》（一稱《憺園全集》）卷二十五收錄了「餘姚黃忠端公祠堂記」一文，更可確證此事。文稱「太倉王掞以左贊善督浙江學政，移檄『即公故居黃竹浦重建祠宇』。距公之歿六十年矣」，又稱「因公祠堂成，嗣君宗羲書來請記，特表而出之」。按黃尊素歿于明天啓六年丙寅（一六二六年），下推六十年即清康熙二十五年丙寅（一六八六年）。我們從徐氏「記」中可以推斷：黃宗羲的信確實是寫給徐乾學以爲忠端祠落成求碑銘的；寫信之年在康熙二十五年。

四、黃炳垕《黃梨洲先生年譜》康熙二十二年癸亥條載：宗羲于該年「至崑山，至徐司寇家，觀傳是樓藏書」，又二十四年乙丑條載：宗羲于該年「往崑山」、「八月返里」，這與宗羲信中所謂「去歲得侍函丈」的時間相符。

綜上所述，可以斷定，黃宗羲這篇未刊文，是康熙二十五年寫給徐乾學的信稿。但據我猜想，信在謄定時，很可能作過一些改動。而原稿中某些「過獎」之詞近乎諂媚，所以作者本人不願將它收入《南雷文定》、《文約》，而後人或不知有此稿，或知有此稿而爲親者、賢者諱，故未予刊印行世。現在，我們大可不必爲古人諱，因此，我將它整理發表，以供讀者研究和評說。

（原載臺灣《文星》月刊一九八七年四月號）

補記：本文發表後，筆者又在北京中國科學院圖書館所藏《南雷文鈔》中，發現了「與徐乾學書」（原鈔本無題，後由徐時棟補題作「與人書」）的手鈔本，其文字與稿本僅有一二字之異，缺字亦同稿本。按《南雷文鈔》三冊，係由慈溪二老閣後人鄭祐據家藏梨洲手稿鈔錄，約鈔於道光年間。鈔本的發現，更確證了《南雷雜著》稿本的絕對可靠性。

附錄三：黃宗羲研究現狀一瞥

——《黃宗羲全集》的出版與佚文收集

日本愛知縣立大學教授

佐野公治

在現階段的黃宗羲研究中，還有一個令人注目的計畫，那就是《黃宗羲全集》的出版。全集共十二册（其中十一册約四百五十萬字，附錄一册約四十萬字），由以吳光爲主的浙江省社會科學院和浙江省中國哲學史研究會的成員負責點校，浙江古籍出版社出版。此「全集」現已出版了二册，原定於一九八九年完成。據吳光的來信說，目前十一册的編輯工作已完畢，但由於排版印刷等問題，要延遲到一九九〇年才會全部出版。

黃宗羲的著述非常多，而其總數歷來的論證說法不一，而以吳光的「梨洲遺著知多少」一文（未收入《黃宗羲論》論文集裏）最爲詳細，計《明文海》、《明史案》等文選類十八種，一千餘卷，現存九種七百九十八卷；專著類六十八種三百多卷，現存二十八種二百十二卷；自著詩文集類二十六種七十多卷，現存十八種六十七卷。總計一百十二種一千三百卷以上，現存五十三種一千七十七卷。

這套「全集」有三個特色：㈠收錄了歷來出版的黃宗羲著作集裏未曾收錄的《明儒學案》、《宋元學案》、《易學象數論》等，是最具包容性的全集；㈡收錄了未刊行過的新資料；㈢全書經過了非常仔細的校勘及校定。各册附錄的吳光的《黃宗羲遺著考》對所收錄的著述作了書誌式的題解。從中我們也得知，已刊行的詩文集所依據的資料是重新檢討過的。在其已發表的文章裏也有珍貴的發現。現在讓我們來看看以下兩點。

㈠《留書》佚文

黃宗羲的著作除了《明夷待訪錄》以外，還有《留書》，其內容和兩書之間的關係，一直都是爭論點。吳光發現天一閣所藏《伏跗室書目》裏有《留書》抄本一卷八篇，篇目是「文質」、「封建」、「衞所」、「朋黨」、「史」、「田賦」、「制科」、「將」（現存前五篇），中國科學院圖書館所藏的《南雷文鈔》裏也有「文質」、「封建」二篇。根據吳光的考證，《留書》一卷八篇是黃宗羲在抗淸鬥爭失敗後所寫的。十年以後，他對恢復明朝已不抱希望，轉而寄希望於將來，於是他將前著加以增訂，寫成了《明夷待訪錄》。這部著作在乾隆年間曾經複刻，但這複刻版並沒有包括具有顯著反淸言論的「文質」等五篇，而這五篇則另行抄寫，可能就是現存的《留書》抄本。吳光的研究結果雖已在幾篇論考中發表了，但却以其「赴日學術講演稿」（一九八七年三月）敍述得最爲詳細（譯者註：該「講演稿」之一的《黃梨洲的學術與著作考辨》已發表於九州大學教養部編《文學論輯》一九八七年第三十三號）。

(二)《南雷雜著》眞蹟

以前，我們不知道上海圖書館所藏《南雷雜著》（其中收文四十篇、詩二首、殘稿二頁）中有「與徐乾學書」（原稿無題，此題由吳光命名）、「寒食上巳吊唐烈婦」詩尚未刊行。其中大部分文章雖與以往刊本中所見屬於同類文字，但是黃宗羲本人在編定時曾刪改過，加上後人刊行或重刻時也曾加以校改，故與原稿頗有出入。吳光以《黃宗羲南雷雜著稿眞蹟》爲題，整理出版了附有釋文的影印本（浙江古籍出版社一九八七年五月出版）。從這本書裡，我們除了可以得到詩文集可資互相校勘的資料外，還可藉此判斷黃宗羲手蹟的眞贋。因爲據說各地都有所謂黃宗羲手蹟的東西，然而是眞是假却衆說紛紜。

有關黃宗羲的佚文佚詩，可以在嚴久石的「黃宗羲佚詩輯存」（「寧波師院學報」一九八六年增刊）等文章裡看到一些，而「全集」中「詩文集」裡的佚文和未刊文的收錄則更有意義（參見吳光「講演稿」）。

《南雷雜著》的未刊文「與徐乾學書」，是寄給清朝高官的。其中稱康熙帝爲「聖主」、讚揚「皇上仁風篤烈」，還拜托對方多多關照餘姚縣的童生「小孫黃蜀」，說明曾經一度從事反清鬥爭的黃宗羲，到了晚年却採取了與清政府合作的態度。這是顯示出黃宗羲思想變化的一份重要資料。在提呈「國際黃宗羲學術討論會」的論文中，有的也引用了這些新資料。如方祖猷引用了上述書函作爲一個論據，洪波、蔡尚思則據《留書》討論了黃宗羲的思想。

關於《明儒學案》的版本問題，山井湧的「《明儒學案》之四庫提要考」（收錄在《明清思想史的研究》一書）是通過各種版本的比較來討論黃宗羲的思想。據說倉修良也有研究論文（未見）。（譯者註：倉修良著「黃宗羲與《明儒學案》」論文發表於《杭州大學學報》一九八三年第四期）。關於這個問題，期待在收錄全集的時候能作出更進一步的檢討。

〔編者註：本文係作者「黃宗羲研究的現狀」一文之第三節，原載東京大學中國學會主辦的《中國——社會與文化》集刊第三號，一九八八年六月出版；新加坡東亞哲學研究所譚惠芳譯。〕

國立中央圖書館出版品預行編目資料

南雷雜著眞蹟（附釋文）/清・黃宗羲著；吳光整理釋文 -- 初版 -- 臺北市：臺灣學生，民 79

12,306 面；21 公分 --（國學研究叢書；6）

ISBN 957-15-0101-8（精裝）-- ISBN 957-15-0102-6（平裝）

847.2

南雷雜著眞蹟（全一册）

著者：清・黃宗羲

整理釋文：吳光

出版者：臺灣學生書局

發行人：丁文治

發行所：臺灣學生書局

臺北市和平東路一段一九八號
郵政劃撥帳號○○○二四六六八號
電話：三六三四一五六
FAX：三六三六三三四

本書局登記證字號：行政院新聞局局版臺業字第一一○○號

印刷所：淵明印刷有限公司

地址：永和市成功路一段43巷五號
電話：九二八七一四五

香港總經銷：藝文圖書公司

地址：九龍又一村達之路三十號地下後座
電話：三八○五八○七

定價 精裝新臺幣二四○元 平裝新臺幣一九○元

中華民國七十九年五月初版

84601

ISBN 957-15-0101-8（精裝）
ISBN 957-15-0102-6（平裝）

國學研究叢書

① 戰國策研究 鄭良樹著
② 周易經傳象義闡釋 朱維煥著
③ 王梵志詩研究 上下冊 朱鳳玉著
④ 兩宋以來大學改本之研究 李紀祥著
⑤ 黃宗羲著作彙考 吳 光著
⑥ 南雷雜著眞蹟 吳 光整理釋文